KB114884

온조 _ -백제를 세우다

서연비람은 조선 시대 왕궁 내, 강론의 자리였던 서연(書筵)에서 강관(講官)이 왕세자에게 가르치던 경전의 요지를 수집하여 기록한 책(비람備覽)을 말합니다. 서연비람 출판사는 민주주의 국가의 주인인 시민들 역시 지속 가능한 과거와 현재, 미래의 이치를 깨우치고 체현해야 한다는 믿음으로 엄선한 도서를 발간합니다.

역사와 문학 비람북스 인물 시리즈

온조 −백제를 세우다

초판 1쇄 2022년 04월 15일
지은이 손영목
편집주간 김종성
편집장 이상기
펴낸이 윤진성
펴낸곳 서연비람
등록 2016년 6월 29일 제 2016-000147호
주소 서울시 강남구 도곡로 422, 5층
전자주소 birambooks@daum.net

ⓒ 손영목 2022 , Printed in Korea.

ISBN 979-11-89171-41-4 44810
ISBN 979-11-89171-26-1 (세트)

값 9,800원

역사와 문학

비람북스 인물시리즈

백제를 세우다

온조

손영목 지음

차례

머리말

삼국시대의 역사를 가장 잘 알 수 있는 문헌이 고려 시대에 김부식이 쓴 『삼국사기』와 일연이 쓴 『삼국유사』다. 삼국 중에서 가장 나중에 건국된 백제의 건국 설화는 두 가지 특색이 있다. 첫째, 신라와 고구려는 건국 설화가 각각 하나씩이지만, 백제는 둘 이상이라는 사실이다. 둘째, 신라와 고구려의 건국 설화는 주인공인 혁거세와 주몽을 신적인 존재로 우상화하지만, 백제의 건국 설화는 주인공을 그냥 평범하게 '사람'으로 그렸다는 점이다. 백제의 건국 설화로서 지금까지 정설로 널리 알려진 것은 온조를 시조로 한 내용이다.

오늘날 전해지는 옛 문헌들에 언급된 백제의 시조는 온조·비류·구태 등 제각각이다. 이것은 그 무렵 한반도 중서부 일대에 북쪽에서 내려온 부여의 여러 부족들이 연맹을 이루어 살았던 사실과 무관하지 않다. 이 중에 비류를 지도자로 해서 미추홀에 터를 잡은 부족이 가장 우위를 차지했으나, 하남 위례의 온조 부족이 농업 생산력을 바탕으로 세력이 강해져 주도권을 가져갔다고 보는 것이 관련 학자들의 대체적인 역사 해석이다. 어쨌거나 비류 중심 설화는 부여와의 관련성이 두드러진다. 이것은 이들의 민족적 뿌리가 부여이기 때문이다. 이후 백제 왕실에서 자기네 성을 '부여 씨'라고 정한 것도 같은 맥락이다.

전기 『온조-백제를 세우다』는 백제 건국 설화의 둘째 내용을 시작점의 기본으로 삼았는데, 그 이유는 객관적으로 볼 때 첫째 설화보다 구체성과 사실성이 한결 더 짙다고 여겨지기 때문이다. 온조왕은 나라를 다스리는 동안 백제의 나라다운 틀을 다지고 굳히는 데 성공했다. 그는 여러 외부 세력의 침공을 막아 싸우고, 한편으로는 스스로 쳐나가면서 영역을 넓히려고 애를 썼다. 삼국 시대를 연 주인공 중의 한 인물인 온조왕의 위대성은 여전히 영원히 빛날 것이다.

이번에 '역사와 문학 비람북스 인물 시리즈'의 한 권으로 출간되는 『온조-백제를 세우다』를 독자들이 읽고 우리나라 역사와 문학에 대한 이해를 더 깊게 하기를 바란다.

2022년 3월 손영목

동명 성왕 고주몽이 고구려를 세운 지 19년이 되는 서기 전 19년 음력 4월, 도성인 졸본성에 뜻밖의 사건이 벌어졌다.

"차림새가 남루한 웬 부인과 젊은이가 나타나, 자기네가 임금님의 진짜 아내와 아들이라고 우긴다는군."

"아니, 그게 정말인가?"

"더욱 놀랍게도, 임금께선 그들을 내치기는커녕 반가이 맞이했다네."

"어허! 그렇다면 두 사람의 말이 사실이구먼."

신하들과 궁궐 사람들은 물론이고 성안 백성들도 눈이 뚱그래져서 쑤군거렸다.

원래 주몽은 부여 사람이었다.

부여족은 우리나라의 기원인 고조선이 한창 번성할 때 그 중심 세력을 이룬 민족 가운데 하나였다.

고조선이 중국 한나라의 끈질긴 압박과 침략에 더 이상

못 버티고 서기전 108년 마침내 망하자, 이들은 해모수가 세운 북부여와 해부루가 세운 동부여로 갈라져서 두 나라로 각각 독립했다.

주몽은 이 중에 동부여에서 서기전 58년에 태어났는데, 어려서부터 총명하고 활 솜씨가 대단히 뛰어나기로 유명했다.

동부여의 두 번째 임금 금와왕은 주몽의 재주를 사랑해서 궁중으로 불러들여 가까이에 두고 장차 나라의 중요한 인물로 키우려고 했다.

이런 주몽을 시샘하고 못마땅하게 여긴 일곱 왕자들과 신하들이 왕에게 아뢰었다.

"주몽은 태어날 때부터 알을 깨고 나왔느니 어찌나 괴상하고 흉측한 소문이 돌았을 뿐 아니라 성질이 용맹스럽습니다. 나중에 어떤 화를 불러일으킬지 모르므로, 차라리 지금 없애 버려 훗날의 걱정을 더는 것이 좋겠습니다."

그래도 주몽에 대한 왕의 사랑에 변함이 없자, 왕자들과 신하들은 어떡하든지 그를 죽이려고 몰래 기회를 노렸다.

어느덧 점점 다가오는 위험을 느낀 주몽이 불안해하므로, 어머니 유화 부인이 말했다.

"나라 사람들이 너를 해치려고 하는 모양이니, 이대로 머물러 있다가는 어떤 험한 꼴을 당할지 모르겠구나. 차라리 홀로 먼 데 가서 크게 성공하는 게 어떠냐? 네 그만한 재주를 가지고서 무슨 일인들 못 이루겠니."

"제가 달아나고 나면 혹시 어머님이 어려움을 당하시지 않을까 걱정입니다."

"나야 살 만큼 산 나이인 데다, 설마하니 저들이 힘없는 늙은이를 어쩌겠느냐. 문제는 너한테 딸린 식구들인데……."

이때 주몽은 이미 결혼해서 아내와 아들이 있었고, 아내 예씨는 마침 또 아기를 밴 몸이었다.

이래저래 주몽이 얼른 결단을 못 내리고 망설일 때, 오이·마리·협보 등, 그를 따르는 동지들이 입을 모아 빠른 결심을 독촉했다.

"대소 태자는 마음이 독한 사람이므로 언제 갑자기 손을 써서 해치려 들지 모릅니다."

"하루 한시가 급하니 빨리 출발해야 합니다."

마침내 주몽은 가족들을 집에 남겨 둔 채 혼자 멀리 떠나기로 결심했다.

이른 새벽 동지들과 함께 몰래 망명길에 나서던 날, 주몽은 눈물을 흘리는 아내한테 이런 말을 남겼다.

"미안하오. 둘째가 태어나 무럭무럭 자랐을 때, 내가 무슨 수를 써서라도 꼭 돌아와 데려갈 테니 고생이 되더라도 참고 기다려 주구려."

그렇지만 불행히도 아기는 태어난 지 얼마 안 가서 죽고 말았다.

예씨는 가슴 저미는 슬픔을 안고 외동아들 유리를 키우며, 크게 성공한 남편이 언제 자기들을 데리러 올까 하고 이제나저제나 기다렸다.

주몽이 대소 태자와 그 부하들의 추격을 간신히 따돌리고 도망쳐간 곳은 졸본 부여였다.

졸본 부여는 이름이 부여두막인 동명왕이 서기전 108년에 세운 나라인데, 나중에 북부여를 멸망시키고 부여 민족을 대표하는 한 나라로서 동부여와 어깨를 나란히 겨루고 있었다.

주몽이 도착했을 때의 졸본 부여를 다스리던 임금은 동명왕의 아들인 부여무서왕이었다.

왕은 주몽이 예사 인물이 아닌 줄 알고는 서둘러 자기 둘째 딸과 결혼시켰다.

동부여에 아내와 아들을 두고 온 주몽이건만 이 결혼을 거절하기 어려웠다.

자기가 고달픈 도망자 신세인 데다, 장차 큰일을 이루기에 더없는 행운이 저절로 굴러들어 왔기 때문이다.

부마가 된 주몽은 아들이 없는 부여무서왕이 죽은 뒤 자연스럽게 왕위에 올랐고, 서기전 37년 나라 이름을 '고구려'로 바꿔 우리 역사의 찬란한 새 장을 열었다.

이때 그의 나이 겨우 스물두 살이었다고 한다.

임금의 이전 부인이라는 여자와 친아들이라는 청년이 나타난 소동에 누구보다 놀란 사람은 왕비 연씨였다.

이름이 소서노인 연씨는 졸본 부여에서 제일가는 유력한 귀족 연타발의 딸이었다.

그녀는 본래 북부여 해부루왕의 손자 우태한테 시집가서 비류와 온조 두 아들을 낳았는데, 남편이 죽는 바람에 친정으로 돌아와 자식들을 키우며 호젓하게 살고 있었다.

그러던 중에 주몽왕의 아내 부여 씨가 갑자기 죽고 말았다.

기회는 이때라고 생각한 연타발은 슬픔에 빠진 왕을 위로하는 척하면서 과부인 자기 딸과 혼인하도록 적극 권했다.

비록 명색이 왕이라고는 해도 망명자 신분으로서 세력 기반이 약한 주몽은 연타발의 제안을 거절하기도 어려웠다.

결국 홀아비인 주몽과 슬하에 두 아들을 둔 과수댁1 연씨

---

1 과수댁(寡守宅): 남편을 잃고 혼자 사는 과붓집의 높임말.

는 재혼한 부부로 가정을 이루게 됐다.

성품이 활달하고 영리한 연씨는 엄청난 집안의 재산을 나라 창고에 쏟아 넣는 등, 내조를 잘해서 왕의 사랑을 받으며 왕비로서 어엿하고 당당한 신분을 오랫동안 누리며 행복하게 살아왔다.

그러던 중에 난데없이 찾아온 웬 여자가 임금의 본부인이라고 우기니 놀랍고 기가 막힐 노릇이었다.

당황스럽기는 비류와 온조 두 왕자 역시 마찬가지였다.

비록 의붓아버지일망정 자기들 중 하나가 다음 왕이 되리라 잔뜩 기대했는데, 난데없이 형이란 존재가 불쑥 나타났으니 실망이 큰 것은 당연했다.

더구나 근년 들어 건강이 좋지 않은 왕이 유리를 선뜻 태자로 세우는 바람에, 연씨와 두 아들의 낙심과 슬픔은 이루 말할 수 없었다.

"우리 세 모자의 처지가 참 기구하구나. 너희들은 이 노릇을 어찌하면 좋겠니?"

연씨가 아들들에게 묻자, 비류가 대답했다.

"아직은 대왕께서 살아 계시지만, 머잖아 새 형이 뒤를 잇게 되면 우리의 처지는 지금보다 더 딱해질 게 뻔합니다. 그러니 여기서 눈치 보며 살 바에야 고생이 되더라도 차라리 남쪽 멀리 내려가 새 나라를 만드는 게 어떨까 싶군요."

"어머니, 저도 형님의 의견이 옳다고 생각합니다."

온조가 맞장구를 쳤다.

"오냐. 정 그렇다면 이 어미도 찬성이다. 대왕께서도 동부여에서 어려운 처지에 빠지자 이곳으로 도망쳐 와 이렇게 번듯한 나라를 세우셨는데, 너희들인들 그렇게 못 되란 법이 어디 있겠니."

"저희들은 그렇다손 치고, 어머니는 어찌하시렵니까?"

비류가 물었다.

"이 어미인들 처지가 나을 게 뭐 있겠느냐. 당연히 너희를 따라가야지."

이렇게 마음을 굳힌 세 모자가 뜻을 밝히자, 왕은 놀라며 반대했다.

그 길이 얼마나 험난하고 고달픈지 자신의 경험으로 누구보다 잘 알기 때문이었다.

그러나 연씨가 여전히 고집을 부릴뿐더러, 신하들 중에도 뜻을 같이해서 따라 떠나기를 원하는 사람이 적지 않아, 왕도 마침내 허락하고 말았다.

이들이 졸본성을 출발해 대모험에 나선 것은 그해 봄이

끝나 갈 무렵이었다.

성문까지 따라 나온 왕은 눈물을 글썽이며 연씨의 손을 잡고 간곡히 말했다.

"부인의 지혜와 담력은 웬만한 남자보다도 나으니, 장차 틀림없이 큰일을 이루리라 믿소. 아무튼 애석하고 미안해서 할 말이 없구려."

"제가 대왕마마 모시며 평생 동안 다소곳한 아녀자로 살아갈 팔자가 못 되는가 보니 어쩔 수 없지요."

연씨도 손을 마주 잡고 눈물을 하염없이 흘렸다.

"가다가 여의치 않으면 망설이지 말고 즉시 되돌아오시오."

"고마운 말씀이지만, 아마 그럴 일은 없을 겁니다."

왕은 두 의붓아들을 보고 말했다.

"너희들은 아무쪼록 어머니 잘 모시고 먼 길에 부디 조심하거라."

"명심하겠습니다. 대왕마마께서도 부디 오래오래 건강하십시오."

비류와 온조는 땅에 엎드려 울며 하직 인사를 올렸다.

왕은 고함을 질러도 서로 안 들릴 만큼 연씨가 탄 마차가 멀어졌을 때에야 쓸쓸히 발길을 돌려 궁궐로 향했다.

남행길에 나선 일행은 연씨를 비롯해서 비류와 온조의 가족, 오간·마려 등 신하들 열 명과 그 일부 가족들, 왕이 딸려 준 호위 무사 백여 명, 게다가 식량과 여러 가지 물품을 가득 실은 짐마차만도 열 대가 훨씬 넘었다.

　이 당시는 원체 땅은 넓고 인구가 적은 데다 나라와 나라 사이의 경계도 분명히 그어지지 않았다.

　누구든지 자기가 원하고 편할 대로 어디든지 옮겨 가서 사는 것이 가능한 일이었다.

　고조선이 망한 후, 이전까지 그 주체 세력을 이루었던 부여족들이 중국 한족한테 시달릴 일이 두려워서나 새로운 삶의 터전을 찾으려는 희망을 안고 머나먼 남쪽 한반도에 많이 들어올 수 있었던 것도 그런 까닭이었다.

　본래부터 터를 잡고 살아온 원주민들보다 북쪽에서 한결 우수한 문화를 경험하고 온 유이민들은 자연히 지배 계층을 이루게 됐고, 그런 현상이 우리나라 고대 역사의 형성에 큰 영향을 끼친 것으로 나타났다.

연씨 일행의 남행길은 결코 형편 좋은 여행이 아니었다.

고구려 안에서는 그나마도 괜찮았다.

자기들의 신분이 어엿할 뿐 아니라, 거쳐 가는 지방의 관리들이 왕의 지시에 따라, 또는 지시를 못 받아도 저 나름으로 미리 알아차려 여러 가지 편의를 봐줬기 때문에 별다른 어려움이 없었다.

그러다가 고구려 경계를 벗어나면서부터는 사정이 달라졌다.

고구려 남쪽인 한반도 북부 지역은 고조선이 망한 후 중국 한나라가 그 땅을 다스리려고 설치한 변방 국가 중의 하나인 낙랑이 차지하고 있었다.

연씨 일행이 목표로 삼은 머나먼 목적지까지 가려면 부득이 낙랑을 가로질러 통과해야만 했다.

아니나 다를까, 낙랑 땅에 들어서서 얼마 못 갔을 때, 지방 관리들이 나타나 이들을 막아 세웠다.

"어디서 오는 웬 사람들이오?"

"우리는 고구려 왕족과 이분들을 모시는 수행원들이올시다."

"어디로 갑니까?"

"이 나라 땅을 거쳐서 남쪽으로 가려고 합니다."

"고구려 왕족이라며 그 먼 데까지는 왜 가시오?"

"그럴 만한 사정이 있기 때문이지요."

"이 나라도 땅이 넓으니, 너무 큰 고생 사서 하지 말고 여기 아무 데나 정착하는 게 어떻겠소? 내가 우리 임금께 보고를 올리면 틀림없이 허락하리다."

"고마운 말씀이오만, 그럴 거라면 애초에 떠나지도 않았을 겁니다."

관리는 계속 붙잡아 놓으려는 듯 꼬치꼬치 말꼬리를 물고 늘어지며, 꼬투리를 잡으려 짐마차를 뒤지기도 했다.

그렇지만 별달리 수상한 구석이 안 보일 뿐 아니라 신분이 워낙 분명해 보이므로, 마침내 선심 쓰는 척 지나가도록 길을 열어 줬다.

"낙랑 땅에 들어서자마자 이런 홀대를 받는구나. 어찌 이한 번으로 끝나겠니. 앞으로 얼마나 같은 꼴을 당해야 할지 걱정이다."

연씨가 마차 안에서 불평을 토로하자, 말을 타고 마차와 나란히 가던 온조가 웃으며 말했다.

"어쩔 수 없지 않습니까, 어머니. 그러려니 해야지요."

역시 예상대로, 가는 곳곳마다 앞을 막아서는 지방 관리들 때문에 멈췄다 움직이기를 반복하지 않을 수 없어 지체가 많이 됐다.

귀찮고 성가시긴 해도 참는 것밖에 다른 도리가 없었다.

어려움은 이뿐이 아니었다.

곧 여름이 닥쳐왔기 때문에 무더운 뙤약볕 아래 땀을 뻘뻘 흘리며 헉헉거리고, 장대 같은 장맛비 속에서 물에 빠진 생쥐 꼴이 되기도 했다.

일행 중에는 기진맥진해서 부득이 낙오하는 사람도 있고, 열병으로 죽는 사람도 생겨났다.

"어쩌면 우리가 조금 성급했던 거 아닐까요, 어머니?"

마침내 비류의 입에서 나약한 소리가 나왔다.

사실 비류뿐 아니라 따르는 사람들 중에도 후회하는 빛을 은근히 드러내는 사람이 여럿이었다.

연씨가 탄 마차의 반대쪽에서 말을 몰며 호위하던 온조가 굳은 표정으로 말했다.

"무슨 그런 말을 합니까? 이보다 더한 어려움도 이겨 내야지. 형님의 지위는 어머니 다음인데, 혹시라도 다른 사람들이 들을까 두렵네요."

"어머님을 너무 고생시켜 드리는 게 딱하고 죄송해서 하는 소리 아니냐."

"이 정도쯤이야 아무렇지 않으니까 내 걱정은 마라."

이렇게 두 아들을 다독거린 연씨는 행렬의 속도를 조금 더 높이도록 지시했다.

'모두들 긴장감을 느껴야 몸이 덜 고단하지. 어쨌거나 곧 가을이고 이어서 겨울이 닥쳐올 테니, 기후가 온난한 남쪽으로 빨리 한 걸음이라도 더 가야 해.'

이런 생각이 연씨의 마음을 조급하게 했다.

하지만 이들의 남행 속도가 대자연의 계절 변화 속도를 이겨 낼 수는 없었다.

가을을 지나 어느덧 초겨울에 접어들었고, 이들은 허허벌판이나 첩첩산중에서 추위에 떨어야 했다.

문제되는 것이 추위만은 아니었다.

낙랑 군사들이나 도적 떼가 언제, 어디서 갑자기 나타나 습격할지도 몰라 사방 경계를 소홀히 할 수 없었다.

밤에는 범이나 늑대 같은 사나운 야생 짐승이 말들을 해

코지하지 못하도록 모닥불을 피워 놓고 철저히 지켜야만
했다.

그럭저럭 고난의 여정을 이어 가서 마침내 낙랑의 경계
를 벗어나 마한 땅에 들어서서야 이들은 겨우 한시름을 덜
고 마음을 놓았다.

4

이들이 고생을 거듭하며 남행을 계속한 끝에 마침내 한수와 가까운 위례에 도달한 것은 이듬해 초봄이었다.

한수는 한강의 옛 이름이고, 위례는 지금의 경기도 광주 부근이다.

일행은 한수가 한눈에 내려다보이는 높은 산 위에 올라가 사방을 살펴봤다.

"북쪽으로는 큰 강을 끼고, 동쪽에 크고 높은 산이 있으며, 남쪽에는 비옥한 들판이 열려 있어서 농사짓기가 수월하겠습니다. 게다가 서쪽은 큰 바다로 막혔으니, 이곳야말로 우리가 원하던 조건에 딱 맞는 곳입니다."

"여기를 도읍의 터로 정하는 게 좋겠군요. 더 나은 곳을 찾으려고 무리하게 수고하지 마십시오."

여러 신하들이 들뜬 목소리로 말을 맞추며 기뻐하자, 연씨가 두 아들에게 물었다.

"이 어미가 봐도 그럴듯하다만, 너희들 생각은 어떠냐?"

"어머니, 제 의견도 같습니다."

온조가 선뜻 찬성했으나, 비류는 고개를 가로저었다.

"저는 생각이 다릅니다. 저 강 아래쪽에는 훨씬 너르고 비옥한 들판이 있지 않을까요? 그러니까 강을 따라서 좀 더 내려가 보는 게 좋겠습니다."

"그러다가 바다 가까운 곳까지 다다르면 어찌합니까?"

오간이 걱정스러운 듯 말했다.

"무슨 상관이오. 농사를 지을 수만 있으면 그만이지."

"바닷가 쪽 땅은 소금기 때문에 농사가 잘되지 않을지도 모릅니다. 지금 이곳은 한 나라의 도읍지로 나무랄 데가 없지 않습니까."

오간뿐 아니라 다른 신하들도 말렸지만, 비류는 계속 고집을 피웠다.

이처럼 의견이 둘로 갈라지자, 하는 수 없이 무리도 둘로 나뉘었다.

온조와 그를 따르는 사람들은 위례에 머물러 터전을 마련하고, 비류와 그를 따르는 사람들은 더 남쪽으로 떠나기로 했다.

큰아들을 따라가게 된 연씨는 두 아들의 손을 잡고 눈물을 흘리며 말했다.

"지금껏 고생고생하며 여기까지 왔는데 이제 갈라져 각

각 제 길을 가게 되니, 이 어미 가슴이 몹시 쓰리구나. 아무튼 형제는 한 몸이나 마찬가지이므로, 이후라도 형이 어려울 땐 아우가, 아우가 어려우면 형이 서로 돕겠다고 약속해 다오."

비류와 온조도 눈물을 흘리며, 죽을 때까지 형제의 우의를 저버리지 않겠다고 맹세했다.

어머니와 형이 떠난 후, 온조는 신하들과 함께 땀을 흘리며 위례에다 성을 쌓아 건국의 기초를 열심히 다지기 시작했다.

비류와 그 부하들은 마침내 한수 아래쪽으로 계속 내려가서 미추홀에 다다라 나름대로 그곳에다 희망의 깃발을 꽂았다.

미추홀은 지금의 인천 부근이다.

이 당시 한반도 중부 이남의 상황은 서기전 57년 박혁거세 거서간1이 시조로서, 제일 먼저 세운 나라다운 왕국 서라벌2을 빼고 나면 작은 부족 국가 78개가 각각 지역 중심으로 옹기종기 동아리를 이룬 진한·마한·변한 세 연맹국으로 나뉘어져 있었다.

이른바 '삼한 시대'라고 하는 우리 고대 역사의 한 단락이다.

연맹에 소속된 부족 국가들은 평소에는 각각 그 나름의 조건과 방식에 따라 독립적으로 자주권을 행사했다.

그러다가 경제적 또는 군사적으로 필요한 경우에만 맹주국을 중심으로 한데 뭉쳐서 문제 해결에 대처하곤 했다.

이 중에서도 서쪽에 치우치며 영토와 국력이 가장 큰 마한은 삼한 전체 부족 국가들 3분의 2가량인 54개국을 아울

---

1 거서간(居西干): 신라의 시조 박혁거세의 왕호.
2 서라벌(徐羅伐): 신라의 옛 이름. 경주의 옛 이름.

렸는데, 백제는 그 마한의 부족 국가들 가운데 하나로 출발하게 됐다.

온조는 우선 마한 연맹의 맹주인 진왕을 찾아갔다.

형식적인 절차이기는 하지만, 나라를 세우는 것에 대한 허락을 받아야만 했다.

부족 국가인 목지국의 임금이기도 한 진왕은 온조를 친절히 맞이했다.

온조는 어머니를 비롯한 자기들의 신분을 밝히고, 고구려를 떠나 이곳까지 흘러오게 된 기구한 사연을 이야기했다.

"먼 길을 오시느라 고생이 많았겠구려. 그래서 지금 터를 잡고자 하는 곳이 어디라고?"

"저는 위례이고, 제 형님이 원한 곳은 미추홀입니다."

"좋소이다. 거기다 나라를 만들도록 하시오."

"고맙습니다."

"알다시피 그곳은 우리 마한의 북쪽에 해당하는 땅이오. 그대가 열심히 잘 가꿔서 어엿이 한 나라를 만들고, 북쪽 낙랑과의 경계를 분명하게 해 주구려. 그것이 내가 바라는 바요."

"맹주이신 대왕의 기대를 저버리지 않도록 명심하겠습니다."

이때가 서기전 18년이며, 단기로는 2315년이었다.

신라는 시조 박혁거세 거서간 40년, 고구려는 유리왕 2년이었다.

온조왕은 자기들이 고구려를 떠나온 뒤 그해 9월에 주몽왕이 세상을 떠났다는 소식을 뒤늦게 들었다.

'어쨌거나 아버지는 아버지 아니신가. 대를 물려주는 문제에서 섭섭하게 하셨을망정, 평소에는 우리 형제를 사랑하시고 잘해 주셨지.'

왕은 슬퍼하며 의붓아버지의 넋을 위로했다.

임금이 되고 나서 왕이 가장 먼저 한 일은 자기네 뿌리인 부여의 시조 동명왕을 기리는 사당을 세우는 것이었다.

이 무렵, 한반도 중서부 일대에는 북쪽에서 내려온 부여 유이민이 무척 많았고, 이들은 민족성에 정신적 기반을 둔 일종의 연맹 조직으로 서로 밀접하게 관계하면서 살아가고 있었다.

'내가 왕권을 튼튼하게 다지려면 우선 이 동포들의 마음을 사로잡아 지원 세력으로 만드는 게 무엇보다 중요해. 그래야만 그것을 기본으로 해서 힘을 길러 토착 원주민들까지 아우르기가 쉬울 테니까.'

왕이 이런 통치 기법의 한 수단으로 머리를 짜낸 것이 바로 시조 사당이었고, 이 구상과 판단은 이후의 정세 발전과 관련해 볼 때 사실상 옳았다.

새로 나라를 일으킨 왕의 가장 크고 시급한 걱정거리는 북동쪽에 이웃한 말갈이었다.

산과 계곡 같은 험지에 살면서 사냥과 자연 채취를 주로 해서 먹고사는 이들은 뭔가 부족하다 싶으면 서슴없이 남의 것을 도둑질하거나 강제로 빼앗기 일쑤였다.

이처럼 험하게 살다 보니 성질이 재빠르고 사나워 이웃에게는 두려움의 대상이었고, 그 만만한 상대가 남쪽의 마한 북부 지역이었다.

왕은 유력한 부족장 출신이면서 지식과 담력을 갖춘 을음을 우보3에 임명했다.

우보는 군사 지휘권을 행사하는 막강한 벼슬이었다.

"아무쪼록 군사들을 더욱 강하게 훈련시키고 성책을 튼튼히 마련해서 외적이 절대 침입 못 하게 막도록 합시다."

왕의 주문에, 을음은 허리를 굽히며 대답했다.

---

3 우보(右輔): 백제 초기에, 병마(兵馬)를 총관하는 일을 맡아보던 벼슬.

"잘 알겠습니다. 뼈를 갈아서 가루를 만들 각오로 열심히 노력하겠습니다."

왕과 우보가 이처럼 한목소리로 결의를 다지기는 했으나, 그렇더라도 말갈과의 충돌을 쉽사리 피할 도리는 없었다.

말갈은 한 해도 거르는 적이 없을 정도로 자주 쳐들어왔는데, 서기전 11년인 온조왕 8년 봄에 일어난 싸움은 자칫했으면 신생 국가 백제의 기가 꺾이고 말았을 뻔한 위기였다.

말갈군 3천 명이 경계를 넘어 깊숙이 침입해 와서 도성인 위례성을 에워쌌다.

"나아가 싸우려하지 말고 지키기만 하라."

왕의 명령에 따라 백제 군사들은 성문을 굳게 닫고 성벽 위에서 화살을 날려 적병이 다가오지 못하도록 경계만 했다.

이런 지구전이 계속되자, 도리어 곤란해진 것은 말갈군이었다.

열흘이 지났건만 성은 끄떡하지도 않는데, 자기네만 먹을 양식이 간당간당해진 것이다.

가까운 마을들을 들쑤셔 백성들한테서 빼앗아 허기를 면

하는 것도 한계가 있었다.

마침내 배가 고파 더 이상 싸울 수 없게 된 말갈군은 포위망을 풀고 돌아가기 시작했다.

"때는 지금이다!"

왕은 날랜 군사들을 거느리고 곧 추격에 나섰다.

군사 전쟁에서 이기고 지는 첫째 조건이 기세인데, 이미 배가 고파 기진맥진한 말갈 군사들이 다시 기운을 차려 대항할 엄두가 날 리 없었다.

싸움은 일방적인 추격전이 되고 말았다.

대부현4까지 쫓아간 백제군은 적을 무수히 죽이고 5백 명을 포로로 잡는 큰 승리를 거두고서야 걸음을 멈추고 숨을 돌렸다.

말갈을 물리친 여세로 국경을 더 튼튼히 지키려고 마수성5을 쌓고 병산에는 통나무로 울짱6을 세우고 있을 때, 낙랑에서 사신이 찾아왔다.

---

4 대부현(大斧峴): 현재의 강원도 평강군 평강면으로 비정하는 견해가 있다
5 마수성(馬首城): 위치 미상. 지금의 경기도 포천시로 비정하는 견해도 있다.
6 울짱: 말뚝 따위를 죽 잇따라 박아 만든 울타리. 또는 잇따라 박은 말뚝.

낙랑은 한반도 북방에서 가장 넓은 땅을 차지하고 세력이 강하며, 백제의 입장에서 보면 말갈을 부추겨 분쟁을 일으키도록 하는 얄밉고 두려운 적국이기도 했다.

왕을 만난 사신이 물었다.

"이 나라에서 지금 북쪽에다 성을 쌓고 울짱을 세우기도 하는데, 그 까닭이 무엇인지 궁금합니다."

왕이 시치미를 떼고 대답했다.

"어느 나라든지 튼튼한 성을 쌓아서 국경을 지킴은 옛날이나 지금이나 지극히 당연한 도리인데, 무슨 다른 까닭이 필요하단 말이오?"

"혹시라도 그곳을 발판 삼아서 우리 강토를 넘보자는 뜻은 아닌지요."

"그게 무슨 말이오. 백제는 이제 겨우 일어선 나라이므로, 그럴 힘도 욕심도 없소이다."

"어쨌든 저희 임금께서 심기가 매우 불편하시니, 지금에라도 그만두시도록 간곡히 부탁드립니다."

좋게 받아들여 부탁이지, 사실은 은근한 협박이었다.

왕이 쌀쌀하게 받아넘겼다.

"어림없는 소리! 만일 그대의 임금께서 이걸 트집 잡아 군사를 일으켜 핍박한다면, 우리는 비록 작은 나라일망정 임금인 이 사람부터 저 아래 백성들 한 사람까지, 모두 죽을 각오로 힘을 다해 맞싸울 따름이오. 그런 줄 알고 돌아가 그대로 여쭈구려."

이 말을 들은 낙랑 사신은 얼굴에 불쾌한 빛을 띠며 물러갔다.

그렇잖아도 친하지 않은 백제와 낙랑의 관계는 이후에 더욱 냉랭하게 변해 갔다.

어느 날, 큰아들 비류를 따라갔던 연씨가 위례성에 찾아
왔다.

서로 얼싸안고 오랜만의 만남을 기뻐한 어머니와 아들은
주위 사람들을 물러가게 한 다음, 둘이 조용히 이야기를 나
누었다.

"와서 보니, 이 어미가 기대한 이상으로 네가 훌륭히 성
공한 것 같아 기쁘구나. 참으로 장하다."

"아직은 많이 부족합니다, 어머니. 그러나저러나 형님 사
정은 어떻습니까?"

"솔직히 말해 형편이 너만 못하단다. 바다가 가깝다 보니
토질도 기후도 썩 좋지 않아서 물산이 풍족하지 못하고, 여
러 가지 어려운 일이 닥치더구나. 네 형은 지난번에 굳이
갈라져 나가겠다고 한 자기 고집을 후회하고 있어."

"그래도 어쨌거나 어엿이 한 나라의 주인이잖습니까. 저
는 이곳 위례에서, 형님은 미추홀에서 각각 열심히 힘을 기
르며 필요할 때 서로 도우면 똑같이 든든하고 좋을 겁니다.

염려 마십시오."

"고맙고 옳은 말이다. 네 말을 들으니까 어미도 가슴속이 시원해지는구나."

연씨의 일시적 방문 여행은 오로지 작은아들이 보고 싶은 간절한 모정 때문이었다.

그러나 위례성에 도착해서 한동안 편안히 지내다 보니 어느덧 마음이 변해, 결국 미추홀에 돌아가지 않고 아주 머물기로 했다.

온조왕은 어머니를 모시고 왔던 미추홀 사람들이 돌아갈 때 이런 사정을 형에게 전하는 한편, 간곡한 위로의 말을 덧붙이는 것도 잊지 않았다.

어머니가 떠날 때와 달리 생각이 변해서 위례성에 그냥 머물겠다고 한 것은 미추홀의 비류왕에게 큰 상처를 안겨 주고 말았다.

'아우의 형편이 이 형보다 훨씬 나은 걸 보고는 마음이 흔들리신 모양이로군. 섭섭하지만 어쩔 수 없지. 나이 드신 어머님이 더 풍족하고 편안한 복을 누리실 수만 있다면 좋은 일 아닌가. 이게 다 내가 못난 탓인 걸 어쩌겠나.'

비류왕은 어머니가 계신 쪽 먼 하늘을 바라보며 눈물을

글썽였다.

돌이켜보면 후회가 막심했다.

여러 사람의 반대와 충고를 무시하며 고집스레 미추홀로 떠나온 것부터 잘못된 진로 선택이었다.

한 나라를 세웠다고는 하지만 모든 것이 여의치 않았다.

땅이 의외로 기름지지 않아서 곡식 생산이 기대에 못 미치고, 인구수 부족으로 백성들을 부리기에 어려움이 많았다.

설상가상으로 큰 바다 옆이어서인지 사계절 기후마저 불순했다.

'이럴 바에는 지금이라도 차라리 아우와 나라를 합쳐 버리는 게 낫지 않을까?'

문득 이런 생각이 들어 신하들을 불러 의견을 물어봤다.

신하들은 처음에 깜짝 놀랐으나, 왕이 괜히 떠보는 말이 아님을 알게 되자 얼굴 표정과 말투가 조심스럽고 진지해졌다.

나중에는 목소리가 점점 높아졌는데, 반대보다도 찬성하는 사람이 더 많았다.

'이 작자들, 나한테 혼날까 봐서 차마 말을 꺼내지는 않았을망정 평소에 은근히 그런 속셈을 많이 가지고 있었나 보구나.'

왕은 이렇게 생각하며 쓸쓸한 미소를 지었다.

드디어 큰 결정을 내린 비류왕은 몇몇 신하를 거느리고 위례로 찾아갔다.

이 뜻밖의 방문에 어머니 연씨와 온조왕은 깜짝 놀라는 반면, 반겨 맞이했다.

"네 뜻도 안 물어보고 여기 머물기로 작정해서 면목이 없구나. 이 어미를 용서해 다오."

연씨가 눈물을 글썽이며 미안해하자, 비류왕이 싹싹하게 말했다.

"아닙니다, 어머님. 아우가 저보다 훨씬 더 극진히 잘 모실 테니 오히려 잘된 일이지요."

"형님, 본의 아니게 사정이 이렇게 돼서 면목 없습니다."

겸연쩍어하는 아우에게, 비류왕이 손을 마주 잡으며 말했다.

"미안해할 것 없네. 내가 이렇게 굳이 찾아온 이유는 어머님 때문이 아니라, 보다 큰 문제를 의논하려는 것일세."

"어떤 문제 말씀입니까?"

"우리 형제가 다시 한 몸이 되자는 것이야."

비류왕의 입에서 나라를 합치자는 뜻밖의 제안이 나오자, 온조왕과 연씨는 깜짝 놀라며 감격해 마지않았다.

"큰애의 마음이 참으로 갸륵하구나. 이제 다시 우리 세 모자가 항상 얼굴 마주 보며 살게 됐으니, 이 어미는 더 이상 바랄 게 없다."

"형님의 크신 뜻을 잘 받들어 부강한 나라를 꼭 만들겠습니다. 아무쪼록 많이 지도해 주십시오."

백제 조정의 모든 신하들도 놀라고 기뻐하며 비류왕의 덕을 침이 마르도록 칭송했다.

하지만, 상대가 아무리 형제라 하더라도 자기가 갖은 고생으로 만든 나라 하나를 통째 거저 넘겨주게 되는 심정이 편안할 수는 없었다.

비류왕은 뼈저린 상실감과 슬픔을 속으로 삭이느라 애쓰다 보니 점점 쇠약해졌고, 그것이 어느덧 병이 되고 말았다.

어머니와 아우의 눈물 어린 극진한 간호도 보람 없이, 불운한 형은 얼마 안 가서 마침내 숨을 거두었다.

미추홀 지역을 아우르면서 갑자기 덩치와 힘이 커진 바람에, 백제는 이제 마한 연맹국 안에서도 주목의 대상이 됐다.

동아리의 다른 부족 국가들은 시새움과 불안의 눈길로 흘겨보고, 목지국 진왕도 은근히 부담을 느끼기 시작했다.

어느 날, 우보 을음이 온조왕에게 할 말이 있다며 조용히 뵙기를 청했다.

둘이 호젓이 마주 앉자, 왕이 물었다.

"하실 이야기가 무엇이오?"

비록 신하이긴 해도 유력한 부족장 출신이기 때문에 을음에 대한 왕의 말투는 다른 신하들과 달랐다.

을음이 고개를 한 번 조아린 다음 입을 열었다.

"제가 오늘 대왕께 드리고자 하는 말은 나라의 백년대계1와 관련되는 것입니다. 대왕께서 고구려를 떠나오신 이후 온갖 고생을 무릅쓰고 노력한 끝에 오늘 이만한 성공을 거두신 것은 참으로 경하할 일이오나, 이 정도로 만족할 수는 없지 않습니까? 우리 백제가 앞으로 더 부유하고 강한 나라로 발전하려면 백성들을 잘 다스리고 강한 군사를 길

---

1 백년대계(百年大計): 먼 장래까지 미리 내다보고 세우는 크고 중요한 계획.

러야 함이 물론 중요하지요. 하지만 우물 안 개구리처럼 그것만으로는 큰 나라를 이룩하는 데 한계가 있다고 생각합니다. 눈을 바깥쪽으로 돌려 다른 세상에서는 지금 무슨 일이 벌어지고 있나, 그 사정이 우리나라에 어떤 영향을 미칠 것이냐를 알아야 하지 않겠습니까? 그래야만 만약의 경우에 미리 대비를 할 수 있으니까요."

"옳은 지적이오만, 신통하고 뾰족한 방법이 없지 않소."

"왜 없겠습니까. 영리하고 민첩한 세작2 몇 명을 몰래 풀어 내보내 보면 가능하지요."

이 말을 들은 왕은 무릎을 치며 기뻐했다.

"참으로 기발한 생각이로군. 우보의 지혜가 과연 놀랍소. 그럼 책임지고 그 일을 추진하도록 하오."

"분부 받들겠습니다. 이 일은 대왕마마와 소신만 알고 다른 사람들은 모르도록 하는 게 좋겠습니다."

"물론 그래야겠지요."

왕의 허락을 얻은 을음은 젊고 눈치 빠르며 몸이 날랜 세작 몇 명을 뽑아 낙랑·고구려·말갈 같은 북쪽 나라뿐 아

---

2 세작(細作): 한 국가나 단체의 비밀이나 상황을 몰래 알아내어 경쟁 또는 대립 관계에 있는 국가나 단체에 제공하는 사람. 첩보원. 간첩.

니라, 동쪽의 서라벌과 진한·변한 지역에도 풀어 보냈다.

이처럼 비밀리에 파견한 세작들은 몇 달이 지난 뒤 차례차례 돌아와서 자기가 맡은 지역의 자세한 정보를 고해바쳤다.

가장 먼저 도착한 이는 서라벌 쪽으로 보냈던 세작이었다.

"말로만 듣던 서라벌에 가 보니, 대체로 잘 사는 나라 같았습니다. 도성인 금성의 저자거리에는 온갖 물품들이 넉넉히 쌓였을 뿐 아니라, 성 밖의 일반 백성들도 모두 편안하고 여유로워 보였습니다. 박혁거세 거서간이 나라를 일으킨 지 오십여 년이나 됐다는데, 넌지시 물어보면 하나같이 자기네 임금의 덕을 칭송하더군요."

온조왕은 묵묵히 고개를 끄덕였다.

나라를 세운 지 겨우 십여 년, 밖으로는 낙랑·말갈과 창칼을 부딪치는 빈번한 싸움에 쩔쩔매고, 안으로는 연맹의 다른 부족 국가들을 아직 평정 못 한 자신의 처지와 비교돼 마음이 편하지 않았다.

"소인이 서라벌에서 참 기이한 걸 봤습니다."

세작의 말에, 한자리에 있던 을음이 물었다.

"기이한 거라니, 무슨?"

"앞모습은 보통 사람과 같은데, 머리통이 뒤쪽으로 유난히 납작하게 생긴 별난 인종이 이따금 눈에 띄더군요."

"그런 머리를 '편두'라고 하며, 까마득한 북쪽에 사는 야만 민족 흉노의 표식이니라. 그들은 갓 태어난 아기의 머리뼈가 아직 말랑말랑할 때 살살 주무르고 눌러서 납작하게 만드는 풍습이 있거든. 흉노는 말갈보다 더 사납고 용맹하다고 알려진 족속인데, 네가 본 사람들은 한민족과의 전쟁에서 패하고 노예가 됐다가 도망쳐 내려온 흉노족의 자손들일 거야. 그 중에서도 김씨 성을 가진 사람들은 흉노 왕족의 후손들인데, 지금 서라벌에서 크게 행세하는 족속이지. 서라벌 임금은 대물림이 아니라 부족장들이 추대해서 정하도록 돼 있으므로, 머잖아 그 김씨네에서도 왕이 나오리라고 보네."

"우보는 도대체 모르는 게 없구려."

을음의 박식을 칭찬한 왕이 세작에게 물었다.

"가고 오는 길에 지나친 진한과 변한의 사정을 어떻던고?"

세작은 바닥에 닿도록 머리를 조아리고 아뢰었다.

"백성들이 땅을 파서 가운데 기둥을 세우고 지붕을 덮은

움집에서 살고, 벼나 여러 가지 곡식을 심어 식량을 얻으며, 삼실이나 누에고치 실로 짠 베로 옷을 지어 입는 모양은 우리와 다를 게 없었습니다. 다만, 한 가지 눈여겨봐지는 건 그쪽에는 쇠(철)가 참 흔하다는 사실이지요. 우리 백성들은 농사지을 때 나무로 만든 농기구를 많이 쓰는데, 거기선 그걸 모두 쇠로 만들어 씁디다. 나무 농기구는 쉽게 부러지거나 헐어서 다시 장만해야 하지만, 쇠로 만든 단단한 농기구는 그럴 필요 없이 그냥 뒀다가 언제라도 다시 꺼내 쓰면 됩니다. 그러니 농사짓기가 얼마나 편하고 쉽겠습니까. 그렇다 보니 웬만한 데는 어디서나 대장간을 볼 수 있어, 그게 참 부럽더군요."

당시 진한·변한은 철이 생산되는 곳이 많았고, 연맹 속의 여러 부족 국가들이 그 특산물 덕택에 먹고산다고 해도 지나친 말이 아닐 정도였다. 이들이 넉넉하게 쓰고 남아도는 철은 바로 이웃 신라는 물론이려니와 낙랑·중국·왜(일본) 등 외국으로 비싼 값에 팔려 나갔다.

그 점은 백제도 마찬가지여서, 여러 가지 무기와 생활용품을 만들려고 가까운 변한에서 해마다 물물 교환으로 비싸게 사들이는 철이 나라 살림에 여간 큰 부담이 아니었다.

온조왕은 마한 연맹을 먼저 평정한 다음에 동쪽으로 진

출하려고 꿈꾸었는데, 큰 이유 중 하나가 바로 그 철에 대한 부러운 욕심 때문이었다.

서라벌 쪽에 갔다가 돌아온 세작에 이어, 낙랑과 말갈에 갔던 세작도 이윽고 돌아와 그곳에서 보고 들은 이로운 정보를 알려 줘 왕과 을음을 흡족하게 했다.

고구려에 갔던 세작이 마지막으로 돌아오자, 왕은 앞의 경우보다 더 특별한 관심으로 맞이했다. 자신의 뿌리가 바로 그 고구려이기에 당연했다.

"수고 많았다. 그래, 고구려 사정은 어떠하더냐?"

왕의 물음에, 세작은 머리를 조아리며 보고했다.

"고구려에서는 얼마 전에 큰 전쟁을 치러 승리하고는, 임금부터 백성들까지 잔치 분위기였나이다."

"전쟁을? 어디를 상대로?"

"선비입니다."

선비족은 지금의 남만주와 몽골 초원의 동쪽 드넓은 북만주 지역에 살며, 말을 잘 타고 활을 잘 쏘기로 유명한 사나운 민족이었다.

이 선비족의 여러 부족 국가들 가운데 한 나라가 서기전 9년 고구려에 쳐들어와 큰 피해를 입히고 물러가자, 분노

한 유리왕이 곧 정벌에 나서서 그 나라 도성을 점령하고 항복을 받아 내어 신하의 나라로 만들고 말았다.

"그 싸움에서 가장 큰 공을 세운 사람이 부분노 장군이라고 하더군요. 임금께서 장군이 짜낸 꾀에 따라 약한 군사들을 이끌고 적의 도성 앞에 다다라 싸우는 척하다가, 적군이 성문을 열고 몰려나오자 거짓 도망을 쳤답니다. 이걸 얕잡아 본 적군이 신바람 나서 한참 뒤쫓는 사이, 장군이 숲속에 미리 숨겨 두고 있던 강한 군사들을 이끌고 쏜살같이 달려 나와서 삽시간에 성을 빼앗아 버렸지요."

온조왕은 기분이 착잡했다.

'나쁜 마음으로 일부러 그러지는 않았을망정, 우리 형제와 어머니가 고구려를 떠나지 않을 수 없도록 만든 원인 제공자가 바로 그 사람 아닌가.'

비록 피는 한 방울도 섞이지 않았을지언정 한 어른을 아버지라 부르며 똑같이 섬겼으니 굳이 형제가 아니라고 할 수도 없었다.

왕은 고구려에 사신을 보내 유리왕의 큰 성공을 축하했다.

온조왕 10년(서기전 9년) 9월 어느 날, 왕은 사냥을 나갔다가 사슴 한 마리를 사로잡았다.

어딘지 모르게 신령스런 느낌이 드는 커다랗고 탐스러운 사슴이었다.

왕이 궁궐에 돌아오자, 한 늙은 신하가 걱정스러운 듯 말했다.

"대왕마마, 이건 아무래도 예사 짐승이 아닙니다. 아마도 좋지 않은 징조인 것 같으니 함부로 다루지 않는 게 좋겠군요."

"그럼 어찌하면 되겠는가?"

"글쎄올시다."

사슴을 처분하는 방법을 놓고 여러 신하가 이러쿵저러쿵 의논을 거듭한 끝에 나온 결정은, 이 불길한 짐승을 죽이지 말고 나라 밖으로 멀리 내친다는 것이었다.

그렇다면 '어디로, 어떻게 내보내느냐'가 다음 문제였다.

다시 이런저런 의견이 무성하게 오고 간 다음의 결론은

'사슴을 좋은 선물인 것처럼 속여 목지국 진왕한테 바친다.'는 것이었다.

목지국은 마한 연맹을 이끌어 가는 으뜸 나라이고, 전체 부족 사회에서 추대된 진왕은 목지국을 직접 다스림과 동시에 연맹의 상징적 맹주이기도 했다.

이런 진왕한테 사슴을 선물하는 데에는 드러나지 않는 미묘한 정치적 목적이 깔려 있었다.

'나의 나쁜 운수를 남한테 떠넘겨서 그 반사 이익1을 얻는다.'

백제의 사신은 사슴을 수레에 싣고 목지국으로 찾아가 진왕한테 공손히 바쳤다.

"저희 임금께서 사냥을 나가셨다가 잡은 것입니다. 보시다시피 보통 사슴이 아니라 매우 귀하고 신성한 짐승인 것 같으므로, 대왕께 선물로 올리는 게 좋겠다고 하셨습니다. 아무쪼록 성의를 거두어 주십시오."

이 선물에 어떤 계산이 깔려 있다는 사실을 꿈에도 모르

---

1 반사 이익(反射利益): 법률이 공익을 보호하기 위하여 어떠한 규제를 함으로써 일반인들이 간접적으로 누리게 되는 이익.

는 진왕은 기뻐서 싱글벙글하며 백제 사신에게 말했다.

"그대의 젊은 임금이 참으로 어질고 예의가 바르군. 돌아가거든 내가 매우 고마워하더라고 전하시게."

"감사합니다. 대왕마마의 말씀 그대로 여쭈겠습니다."

백제 사신이 돌아간 뒤, 목지국 조정에서는 사슴을 놓고 신하들 사이에 입씨름이 벌어졌다.

백제의 경우와 마찬가지로, 그 짐승이 상서로운 징조냐 불길한 징조냐 하는 판단에 찬반이 엇갈렸기 때문이었다.

시끄러운 논란을 잠재운 것은 진왕 자신이었다.

"기껏해야 하찮은 짐승에 불과한 사슴 한 마리를 갖고 왜 이리 말들이 많은가. 남의 곡진한 성의를 공연한 오해로 깎아내림은 올바른 사람의 도리가 아니다."

진왕은 궁궐 안에 널찍한 우리를 만들어, 사슴이 한가롭게 풀을 뜯으며 살 수 있도록 했다.

그는 날마다 우리 앞에 가서 한참씩 지켜보는 것을 커다란 즐거움으로 삼았다.

사슴이 정말 액운을 달고 왔던 것일까.

백제는 그해 10월 또 한바탕 지겨운 전쟁을 치러야만 했다.

말갈군이 국경을 넘어 쳐들어와 백성을 죽이고 약탈을 자행했던 것이다.

온조왕은 곧 날랜 군사들을 내보내 적을 물리치게 했다.

왕명을 받고 출동한 백제군은 곤미천에서 말갈군과 맞닥뜨렸다.

곤미천은 황해도 예성강의 옛 이름이다.

백제군은 먼 길을 숨이 가쁘도록 바삐 달려와 지친 데다 너무 서두르는 바람에 첫 싸움에서 패하고 말았다.

적군에게 쫓긴 백제군은 청목산에 허겁지겁 올라가서 지형을 이용한 방어막을 치고서야 겨우 숨을 돌렸다.

청목산은 지금의 개성 송악산을 말한다.

보고를 받고 불같이 화가 난 왕은 잘 훈련된 응원군을 동원해서 직접 거느리고 득달같이 달려갔다.

청목산 아래에 진을 치고 산 위의 백제군을 괴롭히던 말갈군은 백제 응원군의 험상한 기세에 질려 버렸다. 자칫하다가는 양쪽으로 협공당하는 꼴이 되겠다 싶으니까 창칼을 부딪치기도 전에 미리 도망치고 말았다.

결과적으로는 싱거운 싸움이 되고 말았지만, 이것으로 끝난 것이 아니었다.

이듬해 늦은 봄에도 낙랑의 부추김을 받은 말갈군이 또 쳐들어와서 병산의 울짱을 부수고 사람들을 마구 죽이는 행패를 부리고 달아났다.

'아하, 지긋지긋한 외적의 침략에 시달리지 않고 백성들이 모두 평화롭게 잘 사는 나라를 과연 언제쯤에나 만들 수 있으려나.'

왕은 탄식하며 한숨을 내쉬었다.

그렇다고 낙심만 할 일이 아니었다.

왕은 독산과 구천 두 곳에다 보란 듯이 더 튼튼한 울짱을 세워 낙랑과의 통로를 차단해 버렸다.

국가 건설의 굳은 의지를 나라 안팎에 똑똑히 보여 준 것이다.

10

온조왕이 백제를 일으킨 지 13년 만인 서기전 6년 봄, 심상치 않게 불길한 일이 연달아 일어났다.

첫 번째 징조는 위례성에 사는 웬 할머니가 어느 날 갑자기 남자로 변했다는 놀라운 소문이었다.

"뭐? 아니, 그게 정말이야?"

"그렇다네. 아침에 일어나 보니, 할망구가 영감탱이로 변해 있어 식구들이 놀라 자빠졌다 하지 뭔가."

"에이, 설마. 어떻게 그런 황당한 일이 일어날 수 있겠어. 누군가가 우스개 장난으로 퍼뜨린 엉터리 헛소문이겠지."

"어쩌면 그렇지 않을지도 몰라. 세상이 크게 어지러워지려면 평소에는 상상도 못 한 변고가 미리 그걸 알려 주기도 한다네."

괴상한 소문은 사실이고 아니고를 떠나서 온 도성 안에 쫙 퍼져 사람들에게 공연한 불안감을 안겨 줬다.

그뿐만이 아니었다.

며칠 후에는 호랑이 다섯 마리가 어디로, 어떻게 들어왔는지도 모르게 나타나 어슬렁거리고 돌아다녀 온 도성 안을 발칵 뒤집어 놨다.

질겁한 사람들이 모두 문을 걸어 잠그고 집 안에 틀어박히는 바람에, 명색이 한 나라의 서울이라는 도성 안이 텅 빈 꼴이 되고 말았다.

"이게 대체 무슨 황당한 노릇이란 말이냐. 그 요망한 짐승들을 한시 빨리 잡도록 하라."

화가 난 왕이 소리쳤지만, 결과는 허탕이 되고 말았다.

많은 군사가 나서서 이리 뛰고 저리 뛰었으나, 호랑이들은 언제 어디로 빠져나갔는지도 모르게 자취를 감춰 버린 후였다.

괴상한 변신 소문과 호랑이 소동이 겨우 가라앉을 무렵, 온조왕은 큰 슬픔에 빠지고 말았다.

어머니 연씨가 갑자기 병이 든 것이다.

왕을 비롯한 주위 사람들의 극진한 가료1와 정성도 소용없이, 연씨는 마침내 임종을 맞게 됐다.

_____

1 가료(加療): 병이나 상처 따위를 잘 다스려 낫게 함.

"내가 아무래도 하늘의 부름을 받은 모양이라, 다시는 못 일어날 것 같소. 예순한 살이면 오래도 살았기에 아쉬움은 없어요. 아무쪼록 백성을 자식처럼 사랑하며, 신하들한테는 위엄보다 겸손으로, 호령보다 아량으로 잘 이끌도록 하오. 그래야만 만대에 이어 갈 나라의 기틀을 다질 수 있을 테니. 이 어미 말을 부디 명심하구려."

아들한테 이렇게 당부한 연씨는 궁궐 안 모든 사람의 통곡 속에 숨을 거뒀다.

돌이켜 보면 참으로 기구하고 대단한 여장부의 일생이었다.

특히 왕에게 어머니의 죽음은 세상 무엇으로도 치유될 수 없는 크나큰 슬픔이었다.

고구려를 떠나와 새 나라를 일으키는 데 누구보다 정신적으로 든든한 중심이 돼 준 이가 어머니였기 때문이다.

국모의 장례를 정성껏 치르고 나서 얼마 후, 온조왕은 신하들을 모아 놓고 말했다.

"다 알다시피 우리나라 북쪽에 말갈과 낙랑이 있어서, 그들이 걸핏하면 쳐들어와 살인과 노략질을 일삼는 바람에 하루도 편안한 날이 없을 지경이로다. 더군다나 요즘 와서는 요망한 징조가 잇달아 세상인심이 몹시 흉흉하구나. 그런데다 이제 국모께서도 돌아가시니 참으로 기막히고 황당한 노릇이다. 이런 일들은 대체로 이곳 위례성의 기운이 쇠약해진 탓이 아니겠나 싶도다. 그래서 이참에 도읍지를 새로 마련하는 게 좋지 않을까 생각하는데, 그대들 생각은 어떠한가?"

한 신하가 물었다.

"대왕마마의 뜻이 그러시다면 소신들이야 기꺼이 따라야지 무슨 딴말이 필요하겠습니까? 하오면, 어디다 정하는 것이 좋을는지요."

"언젠가 사냥하러 한수 남쪽에 내려갔을 때 보니, 거기 들판이 넓은 데다 토질도 매우 기름지더군. 그곳을 도읍지로 해서 나라 발전의 백년대계를 세우도록 함이 어떨꼬."

왕의 이런 결정에 따라 새 도읍지가 한산 아래쪽에 정해졌는데, 이 한산은 지금의 서울 부근이다.

도성을 쌓는 큰 공사의 시작과 동시에 위례성 백성들 대부분을 억지로 옮겨 가 살도록 했다.

큰 공사를 하는 데에는 노동력 확보가 무엇보다 중요하고 절실하기 때문에, 이것은 어쩔 수 없는 조치였다.

이해 8월, 온조왕은 사신을 목지국에 보냈다.

도읍지를 새로 정하게 된 까닭과 성을 쌓는 공사 시작을 마한 연맹의 맹주 진왕한테 보고하고, 더불어 백제의 국토 영역을 확실히 인정받기 위해서였다.

백제의 이런 태도에 진왕의 기분이 유쾌할 리가 없었다. 뒤늦게 겨우 터를 잡고 일어난 백제가 낙랑·말갈과 전쟁을 치르면서 힘이 부쩍 강해졌을 뿐 아니라, 그 과정에 사방으로 야금야금 먹어 들어가 넓힌 땅을 영역으로 허락해 달라고 했기 때문이다.

'하는 수 없지. 사나운 짐승은 꾸짖어 성질을 건드리기보다 잘 다독거려야 탈이 없는 법이니. 한편 생각하면 나라 북방의 불안을 맡아 아래쪽이 편안하도록 해 준 공적도 있으니까.'

진왕은 백제 사신의 보고를 짐짓 너그럽게 받아들이고, 그들이 원하는 영역도 그대로 인정해 줬다.

이로써 백제의 국토는 북쪽은 패하, 남쪽은 웅천, 동쪽은 주양, 서쪽은 서해에 이르렀다. 패하는 지금의 예성강, 웅천은 공주, 주양은 평강을 말한다.

백제가 이처럼 거침없이 무럭무럭 커 가자, 누구보다 기분이 매우 상한 사람은 낙랑왕이었다.

그때까지 말갈이 걸핏하면 국경을 넘어 백제에 쳐들어와 소란을 피운 것은 대체로 낙랑의 은근한 부추김 때문이었다.

그들 입장에서 보면, 새로 일어난 나라이면서 나날이 힘이 커져 가는 백제가 눈에 거슬리는 상대임이 틀림없었다.

'더 손쓰기 어렵기 전에 기세를 꺾어 버려야지 안 되겠구나.'

이렇게 마음먹은 낙랑왕은 자기네 군사에다 말갈 군사까지 보태어서 큰 전쟁을 일으켰다. 온조왕 17년인 서기전 2년 봄이었다.

두 나라 연합군은 북쪽 경계를 짓밟고 넘어와 살인과 약탈을 일삼으며 백제의 도성을 목표로 쳐내려왔다.

위기에 직면한 백제는 온 국력을 쏟아 반격전을 폈다.

양쪽 군사들이 크게 부딪친 곳은 백제의 지난번 도성인

위례성과 그 주변이었다.

낙랑군이 불을 질러 성안 여기저기가 불길에 휩싸인 가운데 양쪽 군사들은 큰 전투를 벌였다.

"우리나라가 일어서든가 주저앉든가는 이 한 싸움에 걸렸다. 모두 죽음을 각오로 해서 싸워라."

온조왕은 목이 터지도록 외치며 군사들을 독려했다.

실제적으로는 낙랑과 말갈의 연합군이 수효도, 무력도 우세했으나, 백제 군사들이 사생결단으로 달려드는 바람에 좀처럼 승리의 기회를 잡을 수가 없었다.

양편에 많은 사상자가 생기도록 치열하게 싸웠지만, 결국에는 어느 쪽의 결정적 승리도 없이 흐지부지 끝나고 말았다.

낙랑군과 말갈군은 아무런 소득도 없이 후줄근한 꼬락서니로 썰물처럼 물러가고 말았다.

뒤에 남은 백제 군사들은 추격할 여력도, 쉴 틈도 없이 부서지고 불타 버린 전장을 복구하는 뒷수습에 오로지 분주할 뿐이었다.

이듬해인 온조왕 18년(서기전 1년) 늦가을, 말갈이 또 국경을 넘어 쳐내려왔다.

명분도, 소득도 없는 전쟁을 또 일으키기가 어색해진 낙랑이 직접 나서지 않고 만만한 말갈을 부추겨서 벌어진 또 한 번의 지겨운 전쟁이었다.

"오냐! 너희들이 이럴수록 우리만 더욱더 강해질 뿐이다."

온조왕은 결의를 다지며 곧 군사들을 이끌고 달려 나갔다.

양쪽 군대가 부딪친 장소는 지금의 임진강 하류 부근인 칠중하라는 곳이었다.

이 싸움에서 백제군은 큰 승리를 거뒀다. 말갈군을 거의 전멸시키고, 그 추장 소모를 사로잡았던 것이다.

왕은 포승에 묶여 꿇어앉은 소모를 내려다보며 꾸짖었다.

"너희들은 이미 차지해 가지고 있는 땅도 넓은데, 왜 해마다 경계를 넘어와서 이토록 우리를 괴롭히느냐?"

소모가 고개를 빳빳이 세우고 대답했다.

"우리 땅은 대체로 산이 많고 메마르기 때문에 짐승 사냥 말고는 백성들이 먹고살기가 어려운 곳이오. 배를 곯지 않으려면 남의 걸 빼앗고 도둑질이라도 해야지 도리가 없지 않소?"

"이런 뻔뻔한 놈 봤나. 정 그렇다면 너희 이웃에 낙랑이 있지 않으냐. 낙랑은 우리 백제보다 훨씬 넉넉하고 잘 사는 나라이니, 너희가 마음먹기에 따라서는 그쪽에서 소득을 훨씬 많이 얻을 수 있을 터이거늘."

"허허허! 낙랑은 우리 뒤를 받쳐 주는 형님 같은 고마운 나라인데, 지금 내가 그 말에 솔깃할 것 같소?"

"무엄하다! 곧 목이 달아날 놈이 못 하는 소리가 없구나."

"마음대로 하시오. 싸움에 진 장수가 어찌 살기를 바라겠소."

왕은 비록 적이기는 해도 그 씩씩한 기상이 마음에 들어 선뜻 죽이기가 망설여졌다.

백제 장수들은 적장의 목을 당장 베어야 한다고 한목소리로 아우성을 쳤다.

그래도 왕은 그 요청을 물리치고 소모를 수레에 태워 목지국에 보내 버렸다.

이 조치에는 나름의 은근한 꼼수가 숨겨져 있었다.

진왕이 알아서 말갈 추장을 처분하도록 하고, 자기는 손에 직접 피를 묻히지 않는다는 것이었다.

한편으로는 연맹 맹주의 체면을 어느 정도 세워 준다는

배려도 거기에 포함돼 있었다.

소모를 압송한 뒤, 왕은 곰곰이 생각했다.

'지금까지 낙랑과 말갈을 상대로 한 전쟁은 항상 우리가 지키는 싸움이었어. 한 번도 이쪽에서 치고 올라가 본 적이 없으니까. 매번 당하기만 하니 저들이 깔보는 거야. 그래, 우리가 만만한 상대가 아님을 똑똑히 깨닫도록 하려면 한 번 호된 맛을 보여 줘야 할 필요가 있어.'

왕은 국경 지역에 있는 낙랑의 산성 하나를 쳐서 빼앗기로 했다.

적이 꿈에도 생각 안 하고 있을 때 습격하면 어렵지 않게 승리할 수 있으며, 곧 겨울이 닥쳐오므로 낙랑이 한동안은 반격전을 펼 엄두가 나지 않으리라는 계산이었다.

그러자 신하들 중에서 말리는 사람이 여럿이었다.

"말갈은 몰라도 낙랑은 모든 조건에서 우리보다 강하고 버겁습니다. 그런 상대를 자극해 분노를 유발하는 노릇은 현명하지 못하므로 부디 삼가소서."

"혹시라도 눈사태를 만나 가도 오도 못 하게 되는 낭패를 당하게 되지 않을까 걱정됩니다."

하지만 왕의 뜻은 흔들리지 않았다.

"그런 소리들 말라. 약할수록 강하게 부딪치는 것이 승리의 관건이거늘."

이렇게 신하들한테 핀잔을 안겨 준 왕이 직접 군대를 이끌고 북진에 오른 때가 그해 11월 초겨울이었다.

그러나 이 출정은 잘못된 결과가 되고 말았다.

백제군이 구곡이란 곳에 이르렀을 무렵, 너무나 많은 눈이 내려 쌓여 도저히 더는 나아갈 수 없었다.

'어허, 하늘이 아직 나를 돕지 않으시겠다는 건가.'

왕은 눈시울을 붉히며 돌아서야만 했다.

12

온조왕 20년인 서기 2년 초봄, 왕은 커다란 제단을 만들고 하늘과 땅의 신에게 제사를 성대하게 지냈다.

나라의 안녕과 발전을 빌고 백성들이 편안하게 살 수 있도록 해 달라는 뜻이 담긴 행사였다.

제사가 한창 진행될 때, 어디선가 새 다섯 마리가 날아왔다. 커다랗고 생김새가 이상한 새였다.

"와! 저것 좀 봐라."

"저 새 이름이 뭐지?"

"글쎄, 난생처음 보는걸."

사람들이 놀라서 웅성거렸다.

새들은 날카로운 소리로 울면서 제단 위를 몇 바퀴 날아돌더니, 이윽고 어디론가 사라져 버렸다.

왕이 점을 치는 신하를 불러 물어봤다.

"이게 대체 무슨 징조인가?"

신하는 머리를 조아리며 대답했다.

"심려하지 않으셔도 되겠습니다. 제가 보기에 저 새들은 예사 짐승이 아니라, 대왕마마의 지극하신 마음을 헤아려 신들이 보내신 전령입니다."

"정말 그럴까?"

"틀림없습니다. 나라는 태평하고 백성들은 편안할 테니 걱정 말라는 뜻이 아니겠습니까."

왕은 고개를 끄덕이며, 새들이 사라져 간 먼 하늘을 한참 바라봤다.

'그래, 무엇이든지 긍정적으로 헤아리면 좋은 결과가 얻어지는 법이긴 하지.'

왕은 이렇게 생각하며 더욱 지극정성으로 제사를 마쳤다.

그렇다고 새들이 나타난 것만으로 모든 일이 잘 풀리리라 믿고 마냥 태평하게 있을 수는 없었다.

뭐니 뭐니 해도 나라의 가장 시급한 어려움은 적국이 감히 넘볼 수 없도록 국방력을 튼튼하게 키우는 일이었다.

왕은 낙랑·말갈과 이웃하는 북쪽 국경에다 우두성을 비롯한 성 세 개를 새로 쌓았다.

온조왕 22년인 서기 4년 초가을, 왕은 말 탄 군사 1천 명을 거느리고 부현 근방까지 기동 훈련을 나갔다.

부현은 강원도 평강의 옛 이름이다.

훈련 도중의 한동안 쉬는 짬에 왕은 몇몇 장수를 데리고 진영을 벗어나 사냥을 했다.

말을 달리며 활을 쏘아 짐승을 맞혀 잡는 놀이는 왕이 가장 즐기는 오락이었다.

숲 속에서 한참 동안 이리저리 말을 몰던 왕이 갑자기 고삐를 낚아챘다.

멀리 앞에서 이쪽으로 다가오는 무수한 병사들을 발견했기 때문이었다.

"아니, 저게 웬 군사냐?"

왕이 가리키는 쪽을 바라본 장수들도 눈이 똥그래져 외쳤다.

"말갈 도적들 아닙니까?"

"그래, 틀림없구먼."

멀리서 한눈에 보기에도 결코 백제군의 차림새가 아니었다.

장수들이 기세를 올리며 한마디씩 했다.

"죽일 놈들 같으니!"

"원수는 외나무다리서 만난다더니, 오히려 잘됐네, 뭐."

"그래, 꿩이나 노루 대신에 저놈들이나 사냥합시다."

왕과 장수들은 즉시 사냥을 접고 진영으로 돌아가 군사들에게 재빨리 전투 준비를 시켰다.

　말들의 입에 재갈을 물리고 조용히 기다리던 백제군은 말갈군이 저만치 다가오자 장수들의 공격 명령에 따라 함성을 내지르며 일제히 뛰어나가 휘몰아쳤다.

　말갈군은 깜짝 놀란 중에도 반격을 하려고 했다.

　하지만 마음의 준비도 없이 갑자기 당하는 봉변이라 싸움이 제대로 될 리가 없어, 말갈 군사들은 무수히 죽고 나머지는 사로잡히고 말았다.

　왕이 포로를 병사들에게 골고루 나눠 줘 데려다가 종으로 부리도록 하니, 병사들은 모두 좋아서 싱글벙글했다.

이 무렵, 북쪽에 갔던 세작이 돌아와 왕과 을음에게 놀라운 보고를 했다.

고구려가 작년에 나라의 도성을 이제까지의 졸본성에서 국내성1으로 옮겼다는 소식이었다.

이때가 고구려 유리왕 22년인데, 이 갑작스러운 천도2에는 그럴 만한 까닭이 있었다.

고구려에서는 나라의 제사를 지낼 때 돼지를 잡아 제물로 썼는데, 이 신성한 제물용 돼지가 어느 날 도망친 사건이 벌어졌다.

돼지를 맡아 기르는 책임자인 설지가 임금의 꾸지람을 듣고 허둥지둥 쫓아 나섰는데, 돼지가 발견된 곳이 도성에

---

1 국내성(國內城): 삼국 시대 초기의 고구려 수도. 유리왕 22년에 졸본에서 이곳으로 옮겨 와서 장수왕 15년(427)에 평양성으로 천도할 때까지 425년간의 서울로, 그 위치는 지금의 만주 지린성(吉林省) 지안(集安)과 그 배후의 산성을 포함한 지역으로 추정한다.

2 천도(遷都): 도성을 옮기는 일.

서 멀리 떨어진 국내 위나암이란 곳이었다.

"제가 보기에 거기는 험한 산에 둘러싸인 데다 물이 풍부해 곡식을 심어 기르기에 안성맞춤이며, 사슴·물고기·자라 같은 산짐승, 물짐승이 많이 잡히고 있었습니다. 그러므로 대왕께서 도읍을 그리로 옮기시면 백성들을 매우 이롭게 할 뿐 아니라, 전쟁에 대비하기도 쉬울 것입니다."

설지의 보고를 들은 유리왕은 귀가 솔깃해 직접 가 보기로 했다.

그래서 현지에 찾아가 산과 강과 들판의 자연조건을 두루 살펴보고는 매우 만족해 도성을 옮겨 갔던 것이다.

온조왕이 을음에게 물었다.

"고구려가 도성을 옮겼다고 하는데, 우보께선 이 일을 어떻게 생각하시오?"

을음이 대답했다.

"글쎄올시다. 우리는 아무 상관이 없지만, 국경을 직접 맞대고 있는 낙랑은 사정이 다르겠지요. 제가 미리 짐작하기에, 어쩌면 앞으로 저 두 나라 사이에 티격태격하는 일이 잦아질 것 같습니다. 그렇게 되면 낙랑이 아무래도 우리 백제에 신경을 덜 쓰게 되지 않겠습니까."

"그럼 우리로선 은근히 잘된 일이 아닌가."

"그렇다고 봐야겠지요."

왕과 신하는 마주 보며 웃었다.

이 무렵, 동쪽으로 보냈던 세작이 돌아와 또 놀라운 보고를 올렸다. 서라벌의 박혁거세 거서간이 세상을 떠났다는 소식이었다.

서라벌에서는 근년 들어서 흉한 자연 현상이 연달아 일어났다.

일식3이 일 년 간격으로 두 번 연거푸 일어나고, 용 두 마리가 도성인 금성의 우물가에 나타나면서 뇌성이 치고 폭우가 쏟아지는 가운데 성 남문에 벼락이 떨어졌던 것이다.

그 바람에 조정은 물론이고 백성들조차 불안해할 때, 나이가 많아 한동안 병을 앓던 박혁거세 거서간이 마침내 세상을 떠나고 말았다.

한 나라를 일으켜 무려 육십 년 동안이나 잘 다스린 어진 임금의 거룩한 최후였다.

---

3 일식(日蝕·日食) ; 달이 해와 지구 사이에서 해를 가리는 현상.

곧이어 태자인 남해 차차웅이 자리를 이어받았으나, 하여간 이런 왕권 변동은 서라벌 자체뿐 아니라 주변 나라들에도 신경 쓰이는 큰 사건이 아닐 수 없었다.

온조왕은 사신을 서라벌에 보내어 국상4을 위문했다.

---

4 국상(國喪): 왕이나 왕후, 왕대비 등의 초상.

온조왕이 고구려와 서라벌의 이런 사정을 감안하면서 나라의 백년대계를 짜는 데 많은 노력을 기울이고 있을 무렵이었다.

북쪽에서 뜻밖의 인물이 찾아와 왕은 물론이고 온 조정을 깜짝 놀라게 했다.

"아니, 이게 누구시오?"

"대왕마마, 이 늙은이를 알아보시겠습니까?"

왕 앞에 엎드린 백발노인이 눈물을 펑펑 쏟았다.

일찍이 동명성왕 고주몽이 부여에서 도망쳐 떠나올 때 오이·마리와 더불어 행동을 함께한 열혈 동지, 고구려 건국 과정의 최고 공신, 조정의 원로로서 가장 높은 벼슬인 대보1를 오래 지낸 협보, 바로 그 사람이었다.

이런 대단한 인물이 홀로 백제에 찾아온 데에는 기막힌

---

1 대보(大輔): 고구려 초기의 으뜸 벼슬.

사연이 있었다.

졸본성에서 국내성으로 천도한 지 얼마 후, 유리왕은 겨울 사냥을 즐긴답시고 닷새 동안이나 도성을 떠나 있었다.

그랬다가 이윽고 돌아온 왕에게 협보가 쓴소리를 했다.

"대왕께서 도읍을 옮기신 지 얼마 지나지 않았기에 아직은 두루 안정이 안 되고 민심도 혼란스럽습니다. 그러므로 마땅히 백성들의 마음을 어루만지고 나랏일에 힘을 쏟으셔야 하거늘, 어찌하여 닷새씩이나 도성을 비워 놓고 놀이를 즐기신단 말입니까? 만약 이 잘못을 고치지 않으시면 앞으로 정치가 거칠어지고 백성들의 마음이 떠나갈 뿐 아니라, 선대왕의 창업이 무색해지지 않을까 두렵습니다."

이 말을 들은 유리왕은 노발대발했다.

"그대가 아무리 부왕의 옛 신하인 데다 나라에 세운 공이 많기로서니 감히 이런 망발을 해도 괜찮단 말이냐? 임금을 욕보이는 이런 무엄한 태도는 도저히 용서할 수 없다."

유리왕은 협보를 대보에서 끌어내려 궁궐의 정원이나 관리하는 하찮은 자리로 내쳐 버렸다.

하루아침에 재상에서 하급 관리로 떨어진 협보의 충격과 분노는 이루 말할 수 없었다.

'선대왕과 나라를 위해 평생을 바친 대접이 어찌 이럴 수

있단 말인가!'

협보는 모든 것을 내려놓고 홀홀히 떠나기로 결심했으나, 막상 가려고 하니 마땅한 곳이 없었다.

얼굴이 팔릴 대로 팔린 고구려에서는 창피해서도 더 이상 살 수 없었다.

이때 협보의 머리에 퍼뜩 떠오른 대상이 백제와 온조왕이었다.

'그렇다! 거기라면……. 그들의 뿌리가 엄연히 고구려이거늘, 설마 이 불쌍한 늙은이를 야박하게 대하진 않으렷다. 더구나 유리야말로 자기네 세 모자를 떠나게 만든 장본인이기도 하고.'

이렇게 나름대로 머리를 굴린 협보는 아무도 모르게 도성을 빠져나와 남쪽을 바라보며 발걸음을 재촉했다.

그러자 입장이 난처하게 된 사람은 뜻하지 않게 협보를 맞이하게 된 온조왕이었다.

그가 워낙 대단한 인물이었기 때문이다.

왕은 을음과 이마를 맞대고 해결책을 모색했다.

"저 사람을 융숭하게 대접해서 벼슬을 내린다면, 고구려 조정과 유리왕이 어떤 반응을 보일지 신경이 쓰이는구려."

"그렇다고 살아갈 날이 얼마 안 남은 늙은이를 나라 밖으로 굳이 내치는 것도 사람의 도리가 아닌 잔인한 몰인정으로 지탄받기 딱 좋은 노릇이지요."

왕은 을음과 의논해서 마침내 해결책을 찾아냈다.

협보를 최대한 편안하게 살도록 해 주는 대신에 벼슬은 주지 않고, 이따금 지혜를 구해 의견을 듣는 왕의 상담역으로 예우하기로 했던 것이다.

온조왕이 생각할 때 백제의 발전을 위협하는 가장 큰 적은 역시 낙랑과 말갈이지만, 걸림돌이 되는 골칫거리가 그들의 북쪽 세력만도 아니었다.

눈을 아래로 돌려 보면 한반도의 동남쪽에는 이미 개국 역사가 60년이나 되는 왕국 서라벌과, 마한처럼 작은 부족 국가들의 연맹 세력인 진한·변한이 있었다.

백제가 속한 마한 연맹 안에도 진왕의 목지국을 비롯해서 시기하고 경계하는 눈으로 자기네를 흘겨보는 경쟁 상대가 수두룩했다.

그리고 보면, 사방이 적으로 둘러싸였다고 해도 별로 틀린 말이 아니었다.

'이런 속에서 나라의 힘을 튼튼하게 키우며 백성들 모두가 풍족하고 편안하게 잘 살도록 하려면 어떻게 해야 하나.'

왕은 이런 걱정 때문에 하루도 편할 날이 없었다.

그로부터 2년 후인 온조왕 24년(서기 6년) 여름, 왕은 백제의 남쪽 경계인 웅천에다 튼튼한 울짱을 세우도록 명령했다.

성을 쌓는 데에는 많은 노력과 오랜 시일이 필요하지만, 빙 돌아가며 통나무를 땅에 박아 촘촘히 이어 붙이는 울짱은 오래지 않은 기간에 쉽사리 만들 수 있는 것이 장점이었다.

대개 적의 군사가 침입을 못 하도록 싸워서 막는 데 필요한 군사 진지이지만, 그와 반대로 이웃한 다른 나라에 쳐들어가는 경우에 요긴한 전진 기지로 이용할 수 있는 이점도 있었다.

백제의 웅천 울짱에 대해 제일 먼저 민감한 반응을 보인 인물은 우곡성의 성주 주근이었다.

우곡성은 지금의 금강 하류에 있었으며, 군사적으로 매우 중요한 성이었다.

'저기다 울짱을 세우는 건 가까이에 있는 이 우곡성을 넘본다는 태도가 아니고 뭐야.'

이렇게 판단하고 불쾌해진 주근은 즉시 부하를 시켜 마한 연맹 맹주한테 달려가 보고하도록 했다.

신하들과 나랏일을 의논하던 목지국 진왕은 보고를 받자

얼굴을 찌푸렸다.

"낙랑·말갈과 싸우는 데 필요한 울짱이야 북방 경계에 나 필요할 텐데, 이 아래쪽에는 괜히 뭣하려고 세운단 말인 가."

왕이 불편한 심기를 이렇게 드러내자, 신하들도 덩달아 한마디씩 했다.

"머잖아 이쪽으로 세력을 뻗치려는 괘씸한 속셈이 아니 고 뭐겠습니까."

"늦게 일어난 나라가 땅에 대한 욕심을 배 밖으로 드러내 니, 그냥 두고 볼 일이 아닙니다."

"단단히 문책해서 부끄러움을 알도록 해야 합니다."

신하들이 입을 모아 백제를 성토했다.

진왕은 사신을 보내 백제왕에게 단단히 따지도록 했 다.

왕명을 받고 백제의 새 도읍 한성에 도착한 사신은 온조 왕을 만나 말했다.

"대왕께서 처음 이곳으로 내려오셨을 적에는 쉽사리 발 붙일 데가 없어 얼마나 막막하셨습니까? 그때 어진 저희 임금께서 딱하게 여기시고 동북 백 리 땅을 나눠 주시며 편히 살도록 호의를 베푸셨습니다. 어디 그뿐인가요. 저희 임금께서는 지금까지 대왕과의 친분을 두텁게 하고자 언제나 극진한 예우와 너그러움으로 우대하셨습니다. 이러니 마땅히 그 보답을 생각하셔야 도리인 줄 압니다. 그런데도 대왕께서는 나라를 완전히 이룩한 지금에 이르러 아무도 함부로 간섭을 못 하리라는 자신감으로 저희 국경 바로 앞에다 울짱을 세우고 계십니다. 감히 말씀드리거니와, 이것은 의리상 온당한 처사가 아닌 줄로 압니다. 혹시라도 나중에 우리나라를 침범할 뜻으로 넘보는 마음에서가 아닌지, 저희 임금께서는 저더러 대왕께 단단히 여쭤 분명한 답을 얻어 오라고 명하셨습니다. 이런 말씀을 전하는 저의 딱한 처지를 부디 너그러이 살펴 주십시오."

마음의 아픈 데를 찔린 왕은 얼굴을 붉히며 대답했다.

"참으로 가당치 않은 넘겨짚기로구려. 어쨌거나 맹주께서 공연한 걱정을 하시는 모양이니, 정 그렇다면 그 울짱을 없애 버리도록 하겠소이다. 돌아가서 주공께 분명히 그렇게 여쭈시오."

왕은 이런 좋은 말로 달래어 사신을 돌려보낸 뒤, 다시 명령을 내려 울짱을 헐어 버렸다.

그렇지만 나라를 굳건히 세우겠다는 본래 마음은 조금도

달라지지 않았고, 오히려 더욱 굳어져만 갔다.

어쨌거나 백제가 웅천에 울짱을 세우려고 시도한 사실이 널리 알려지자, 마한의 여러 부족 국가 사람들은 하나같이 못마땅하게 생각하며 백제에 대한 경계심을 높이게 됐다.

　이듬해인 온조왕 25년, 서기 7년이며 단기 2340년인 이
해 초봄에 이상한 일이 잇달아 일어났다.

　먼저, 한성 궁궐의 여러 우물이 갑자기 넘쳤다.

　물은 쉽게 그치지 않고 한나절 동안 계속 넘쳐나, 온 궁
궐 안을 한여름 장맛비가 쏟아진 것처럼 만들었다.

　이럴 때, 수상쩍은 소문이 도성 안에 퍼졌다.

　"성안의 어느 사람 집 암말이 새끼를 낳았는데, 망아지가
아니라 송아지라는군."

　"어디 그뿐인 줄 알아? 그 송아지, 머리는 하나인데 몸뚱
이가 둘이라네."

　"아니, 그게 사실인가? 참으로 해괴하구먼."

　"듣자니까 임금님 사시는 궁궐 안에서도 우물이 넘쳐나
온통 물바다를 이뤘다지 않나."

　"흔히 말하길, 세상이 바뀌려면 예사롭지 않은 일이 먼저
일어난다고 하지. 갑자기 우물이 넘치고, 말이 송아지를 낳
고, 이게 도대체 무슨 징조란 말인가?"

세상인심이 이처럼 흉흉한데 궁궐 안이라고 해서 사정이 다를 리가 없었다.

왕은 신하들을 모아 놓고 말했다.

"지난날 언제인가도 웬 할머니가 남자로 변하고, 난데없이 나타난 호랑이 다섯 마리가 도성 안을 돌아다니는 바람에 떠들썩하게 소동을 벌인 적이 있었지 않은가. 그리고 난 직후에 국모께서 세상을 떠나셨으니, 그런 이상한 일들은 대체로 흉한 조짐이라고 봐도 무방하리라. 이제 또 그와 비슷한 사건이 벌어졌으니, 이것이 과연 무슨 불길한 징조인지 걱정스럽구나. 그대들은 어떻게 생각하는지, 어떻게 하면 좋을지 의견들을 말해 보라."

왕의 말이 끝나자, 신하들은 웅성거리기 시작했다. 하나같이 어두운 표정들이고, 섣불리 입을 여는 사람이 없었다.

이때, 점을 치는 신하가 앞으로 나서서 허리를 굽히며 말했다.

"대왕마마, 너무 심려 마십시오. 제가 생각하기에는 나쁜 징조보다 좋은 징조인 듯합니다."

왕은 얼굴이 활짝 밝아져 물었다.

"아니, 그게 정말인가?"

"그렇습니다. 궁궐의 우물들이 갑자기 넘쳐난 것은 대왕 마마의 왕업이 앞으로 크게 성공하실 징조이고, 송아지의 머리가 하나인데 몸뚱이가 둘인 것은 대왕께서 머잖아 이웃나라를 아우르시게 되리라는 조짐인 줄 압니다."

"오! 그렇게만 된다면 오죽이나 좋으랴."

왕은 몹시 기뻐서 신하들에게 술자리를 베풀었다.

이때부터 왕은 다른 나라들을 쳐서 손아귀에 넣을 구체적인 궁리에 골몰했다.

우선 마한 연맹부터 통일한 다음, 여세를 몰아 진한과 변한이 있는 동쪽으로 진출할 야심이었다.

마한과 마찬가지로 진한과 변한도 그쪽 여러 작은 부족 국가들이 가장 힘센 맹주국을 중심으로 삼아 동아리를 이룬 연맹체였다.

그런 동쪽으로 나아가게 되면 틀림없이 부딪치게 될 가장 거북한 걸림돌이 신라였다.

신라는 왕국으로 일어선 지가 이미 수십 년이나 앞섰을 뿐 아니라, 기반이 가장 튼튼하게 잡힌 나라였다.

만일 백제가 진한과 변한의 부족 국가들을 야금야금 먹어 들어갈 경우, 신라가 그 영토 확장을 강 건너 불 바라보 듯이 그냥 보고만 있을 리가 없었다.

그 무렵 신라 역시 백제와 마찬가지로 주변의 작은 부족 국가들을 하나씩 차지해 가는 중이었고, 어떤 나라는 스스로 자기네 땅을 신라에 거저 바치기도 했다.

'언젠가는 신라와 죽기 살기로 창과 칼을 부딪치게 될 테지만, 지금은 거기까지 생각할 겨를이 없구나.'

왕은 이렇게 생각을 정리했다.

온조왕 26년인 서기 8년 여름, 왕은 마한 통일의 야심을 마침내 드러냈다.

그는 온 신하들을 모아 놓고 이렇게 말했다.

"그대들도 이미 알겠지만, 지금 우리 마한은 잘못된 점이 한두 가지가 아니로다. 무릇 안으로는 각 나라마다 군주가 위엄과 사랑으로 자기 백성들을 잘 다스려야 하고, 밖으로는 연맹으로 똘똘 뭉쳐 협력하는 모습을 보여 줘적들이 감히 넘볼 수 없도록 해야 할 것 아닌가. 그런데도 실제는 그 반대로 가고 있구나. 윗사람과 아랫사람이, 또는 아랫사람들 서로가 사이가 벌어져 흘겨보고 다투며, 헐벗고 굶주리는 백성들의 원망에 귀를 닫고 있으니, 이아니 심각한 문제인가. 게다가 명색 연맹국 맹주라는 어른의 위엄이 땅에 떨어져 도무지 말발이 서지 않으니, 이러고도 나라가 망하지 않는다면 오히려 이상한 노릇이 아닌가. 아무튼지 이냥 이대로 가다가는 오래지 않아 틀림없이 적국의 침범에 손도 못 써 보고 나라가 무너지는 꼴

을 보리라. 입술이 없으면 이가 시린 이치와 마찬가지인
데, 그때 가서 뉘우친들 무슨 소용이 있으랴. 이 어려운
국면에 우리 백제가 어찌해야 하는지, 다들 좋은 의견을
말해 보라."

신하들이 왕의 속셈을 모를 리 없었다.

"이 어려운 국난을 해결할 분이 대왕마마밖에 어디 또 있
겠습니까."

"연맹국들 중에 으뜸인 우리가 떨치고 일어나면 다들 반
대하지 않고 대왕마마 앞에 스스로 나와서 무릎을 꿇을 테
니 두고 보십시오."

신하들 모두의 한목소리 지지 발언이었다.

매우 만족한 왕은 기념 잔치를 벌여 신하들을 대접했
다.

'마한을 정복 통일한다.'

이런 원칙이 정해졌지만, 그렇다고 해서 섣불리 움직이
는 것은 어리석고 서투른 짓이었다.

왕은 엄하게 명령을 내려 정보가 밖으로 새어 나가지 않
도록 모두의 입단속을 단단히 시켰다.

한편으로는 만일의 사태에 대비해서 전투 준비에 부족함
이 없도록 했다.

그해 가을, 왕은 훈련을 겸해 사냥한다는 핑계로 군사를 거느리고 마침내 한성을 출발했다.

당시에는 어느 나라든지 임금이 사냥을 즐기는 것이 한낱 놀이처럼 예사롭고 흔히 있는 일이기에 누구도 이상하게 여기지 않았다.

이따금 진군을 멈추고 사냥도 하는 척하며 아래쪽으로 내려간 백제군은 목지국 경계를 넘어서자마자 바람처럼 내닫기 시작했다.

마침내 목지국 도성에 다다른 백제군은 궁궐에 곧바로 쳐들어갔다.

목지국 군사들은 갑자기 당한 습격에 어찌할 바를 몰라 창과 칼을 팽개치고 뿔뿔이 달아났다.

이런 일이 일어날 줄은 꿈에도 모르고 궁궐에서 태평하게 지내던 진왕은 너무나 놀라 혼이 빠져 버리고 말았다.

차림새도 제대로 못 갖춘 채 백제 군사들에게 끌려 나온 진왕은 온조왕을 발견하자 두려움에 떨리는 중에도 노여운 눈길로 쏘아보며 외쳤다.

"이, 이게 대체 무슨 짓이오?"

온조왕이 싸늘하게 대꾸했다.

"이 사람을 탓하기 전에, 왜 이런 일이 일어났는지를 스스로 겸허히 되돌아보고 반성하는 것이 옳을 것이오."

"내가 그동안 그대한테 베풀어 준 은혜가 얼만데, 배은망덕도 분수가 있거늘."

"그 점은 솔직히 시인하며, 늘 고맙게 생각하고 있소이다. 하지만 나라의 장래가 걸린 중대한 문제 앞에서야 사사로운 인정이나 의리가 무슨 큰 의미가 있겠소. 어쨌거나 이미 돌이킬 수 없는 지경에 이르렀으니, 그만 현실을 그대로 받아들이는 게 좋을 것이오."

늙은 진왕은 눈물을 흘리며 고개를 떨궜다.

백제의 신하들과 장수들 중에는 진왕을 죽이자는 사람이 여럿이었다.

명색이 연맹의 맹주이므로, 살려 놨다가는 그를 따르는 무리에게 어떤 나쁜 영향을 끼칠지 모른다는 이유에서였다.

온조왕도 그런 한 가닥 불길한 가능성에 기분이 찜찜하지 않을 수 없었다.

하지만 자기가 반은 쫓겨나다시피 고구려를 떠나와 오늘날 이만큼 이룩한 성공을 되짚어 보면 진왕의 호의와 도움이 컸던 것이 사실이었다.

'남의 고마운 은혜를 악으로만 갚으면 한낱 짐승과 같지, 어찌 사람이라고 할 수 있으랴.'

왕은 신하들의 반대에도 불구하고 진왕이 목숨을 부지해 남은 평생을 안락하게 살도록 아량을 베풀었다.

어쨌거나 이 천둥 같은 소식은 마한 연맹의 부족 국가 전체에 바람보다 빠르게 퍼져 나갔다.

깜짝 놀란 부족 군주들은 자기가 백제왕의 다음 표적이 될지도 모른다는 두려움에 벌벌 떨었고, 대부분이 직접 찾아와 무릎을 꿇거나 복종하겠다는 뜻을 전해 왔다.

그들은 백제왕이 연맹의 새로운 맹주가 되겠거니 하고 나름대로 넘겨짚었지만, 그것은 한참 건너짚은 오산이었다.

온조왕은 그럴 생각이 전혀 없었다. 그가 원하는 것은 연맹의 맹주가 아니라, 단일 왕국의 절대 군주였다.

각 부족 군주들의 처지를 감안하고 그들이 지금까지 누리던 혜택의 대부분을 용납해 줬지만, 자기하고의 인간관계는 어디까지나 어엿한 임금과 계단 아랫사람이었다.

왕은 이 점을 확실히 강조해 모두로부터 복종의 약속을 받아 냈다.

'이제야 비로소 내가 원했던 소망의 반을 이뤄 냈구나.'

왕은 속으로 중얼거리며, 일찍이 세상을 떠난 그리운 어머니와 형이 생각나 눈물을 글썽였다.

얼마 후, 뜻밖의 보고가 올라왔다.

멀리 떨어진 원산성과 금현성이 이번 사태에 대해 반기를 들고 항복하지 않는다는 소식이었다. 원산은 지금의 경상도 예천이며, 진한과 가까운 곳이었다.

"대왕마마, 속히 군사를 보내어 어리석고 괘씸한 무리를 가차 없이 무찌르십시오."

"옳습니다. 그러지 않고 망설이시면 다른 부족장이나 장수들 중에 엉뚱한 생각을 하는 자가 또 나올지도 모릅니다."

아부가 심한 신하들이 한목소리로 재촉했다.

그러나 왕은 생각이 달랐다.

'이미 마한 전체를 차지한 것이나 다름없거늘, 변방에 떨어져 있는 성 한두 개가 심술을 부린다고 해서 그게 무슨 대수이겠는가.'

사실 많은 군사를 움직이게 되면 그에 소요되는 경제적 부담도 적지 않거니와, 곧 겨울이 닥쳐올 계절적 조건도 여의치 않았다.

'크게 신경 쓰지 않아도 괜찮지 않을까? 그들이 그런다고 이미 바뀐 대세가 되돌려지는 것도 아닌 바에야. 곧 세상이 조용해지고 평화가 찾아들면 제풀에 오금이 저려서 손들고 찾아와 엎드릴 테지.'

왕은 이렇게 속 편한 생각을 했는데, 실제로 그렇게 됐다.

이듬해 봄이 되자, 원산성과 금현성 성주가 스스로 몸을 묶은 초라한 꼬락서니로 도성에 올라와서 왕 앞에 넙죽 엎드려 자기들의 죄를 자복했다.

왕은 너그러이 이들을 용서하고, 그를 따르는 무리와 함께 도성인 한산 북쪽에다 이주시켜 땅을 새로 일구어 살도록 했다.

벌을 주는 대신에 황무지를 개척하는 노력 봉사로 유익하게 이용했던 것이다.

온조왕 28년인 서기 10년 봄 어느 날, 우보 을음이 왕에게 조용히 뵙기를 청했다.

을음은 그동안 막강한 권력인 군사 지휘권을 맡아 왕에게 누구보다 든든한 동지가 돼 준 인물이었다.

"제가 지금부터 여쭙는 말에 부디 귀를 기울여 주시도록 간곡히 부탁드립니다."

"대체 무슨 이야긴데 이러시오?"

"저는 오랫동안 대왕마마의 두터운 신임으로 우보라는 분수에 넘치는 벼슬을 받아 군사를 훈련하고 지휘해 왔습니다. 하지만 이젠 나이가 나이인 만큼 몸이 쇠하고 생각이 흐려져 직무를 제대로 수행하기가 벅찹니다. 그래서 생각한 끝에 벼슬을 떠나, 죽을 날 기다리는 한가한 늙은이로 여생을 보내고 싶습니다. 저의 이 마지막 소원을 부디 허락해 주소서."

왕은 눈이 둥그래져 외쳤다.

"아니, 갑자기 그만두면 나라를 지키는 막중한 책임을 누가 감당한단 말이오?"

"원자가 계시지 않습니까. 지금 제가 맡고 있는 군사권을 이어받을 가장 적임자이십니다."

원자란, 다름 아닌 왕의 맏아들 다루를 일컫는 말이었다.

"아직 태자 책봉도 안 했는데, 무슨 소리요?"

"바로 그 점이 오늘 제가 말씀드리고자 하는 핵심이올시다. 감히 여쭙건대, 대왕마마나 저나 이젠 노인이 돼서 몸도, 생각도 예전 같지 못한 것이 사실 아니겠습니까? 인정할 건 인정해야 옳은 도리인 줄 압니다. 그러므로 나라와 백성들의 걱정을 덜기 위해서라도 태자 책봉을 하루빨리 하셔야 합니다. 원자께서는 나이도 이미 장년 어른이 되셨을 뿐 아니라, 누가 보더라도 큰 인물의 소질이 충분합니다. 그러니 부디 미루지 마시고 서두르십시오."

을음이 간곡하게 진언하고 돌아가자, 왕은 한참 생각한 뒤 맏아들 다루를 홀로 가까이 불러 말했다.

"나도 이젠 나이가 많이 들어서 언제 하늘의 부름을 받게 될지 모르겠다. 그렇다 보니 나라의 뒷일을 걱정 안 할 수가 없구나. 너는 그런 줄 알고, 몸가짐을 더욱 단정히 하며 세상 보는 안목을 넓혀서 아비 뒤를 이어받을 준비를 해야 할 것이니라."

다루는 깜짝 놀라 머리를 조아리며 외쳤다.

"무슨 말씀을 그렇게 하십니까. 소자가 듣기 매우 민망합니다. 아바마마께선 아직 기력이 여전하시므로 훨씬 더 오래 사셔야 하고, 당연히 그렇게 되실 겁니다."

"그렇지 않아. 누구도 나이는 못 속이고, 늙으면 언제 어떻게 될지 당장 내일 일을 장담 못 하는 법이다. 너는 딴소리 말고, 오로지 마음을 가다듬어 아비의 말을 부디 가슴에 단단히 새기어라. 알겠느냐?"

"예, 잘 알겠습니다."

아버지의 단호한 당부에 말이 막힌 다루는 벅차고 두근거리는 가슴을 안고 물러 나왔다.

임금과 을음 사이에 오고 간 이야기가 을음 본인의 입을 통해 전달됨으로써, 백제 조정은 갑자기 분위기가 뒤숭숭해져 쑥덕공론이 무성했다.

임금의 심중을 자기 나름으로 헤아린 신하들이 어느 날 왕에게 아뢰었다.

"여쭙기 황송한 말씀을 올릴까 합니다. 대왕께서 아직 정정하시고 한 점 소홀함 없이 국정을 잘 이끌어 가시지만,

나라의 기틀을 튼튼히 다지고 백성들이 불안해하지 않도록 하시려면 태자를 정하셔야 합니다."

"그렇습니다. 다루 원자님 말고 다음 보위를 이어받으실 분이 누가 또 있겠습니까."

"그렇습니다. 한시라도 빨리 서두르소서."

신하들이 입을 모은 듯 한결같이 아부했다.

왕도 이제는 더 미룰 일이 아니라는 생각이 들어 다루를 태자로 책봉하고 그에게 군사권을 맡겼다.

하루아침에 갑자기 나라의 무거운 직책을 떠맡은 다루는 감격해서 부왕께 감사의 큰절을 올렸다.

그는 성품이 너그럽고 덕스러우며, 그러면서도 위엄이 느껴지는 인물이어서 누구한테나 호감을 사는 인물이었다.

다루의 그런 됨됨이를 잘 아는 신하들은 나라의 경사라고 기뻐하며, 너도나도 축하 인사 한마디씩을 아끼지 않았다.

누구보다 속이 후련한 사람은 평생 동안 짊어지고 살아온 무거운 짐을 벗어 버린 을음이었다.

'아, 이제야 다리를 좀 뻗고 노후를 편안히 지낼 수 있게 됐구나.'

을음은 마음이 후련해서 기뻐했지만, 그의 그런 소망은 이루어지지 않았다.

왕은 군사권만 태자 다루에게 넘겨줬을 뿐, 을음의 우보 벼슬은 그대로 유지하며 지금까지처럼 가까이서 국정을 도와 달라고 일방적으로 결정해 버렸다.

나라의 땅 덩이가 커지고 인구가 많아질수록 효율적으로 다스리는 데 더 큰 노력과 적절한 요령이 필요해짐은 당연한 이치였다.

온조왕은 백제의 행정 구역을 처음에 남부와 북부로 구분했다가, 나중에는 다시 동부와 서부를 더하여 4부로 확정 지었다.

이때가 온조왕 31년(서기 13년)이었다.

그런데 이해부터 이듬해까지 내리 이태 동안 나라에 유난히 좋지 않은 일이 연달아 일어나, 왕은 물론이고 백성들까지 시름에 젖어 힘들게 견뎌 내야 했다.

첫해에는 4월에 주먹만큼 커다란 우박이 떨어져 많은 사람과 가축들이 다쳤을 뿐 아니라, 농사 피해도 막심했다.

게다가 5월과 6월에는 지진이 일어나 집들이 많이 부서졌다.

이듬해에는 봄부터 시작된 극심한 가뭄 때문에 농사를

망쳐, 백성들이 굶주리다 못해 어디선가는 서로 잡아먹기까지 했다는 끔찍한 소문이 떠돌 정도였다.

"설마하니 사람이 사람을……. 이건 말도 안 돼."

"배를 쫄쫄 곯아 눈이 뒤집힐 지경이면 그보다 더한 짓인들 못 하겠어?"

"허허, 도대체 세상이 어떻게 되려고 이러나."

"뭔가 하늘을 노엽게 한 죄를 받는 게 아닌지 몰라."

이런저런 쑥덕공론이 여기저기서 돌았다.

배가 고프고 삶이 팍팍해지는데도 헤어날 뾰족한 수가 없으면 이판사판으로 떠올리게 되는 것이 도둑질에 대한 유혹이다.

사방 여기저기에 도적 떼가 들끓어, 그러잖아도 살기 힘들어 기진맥진한 백성들을 더욱 괴롭혔다.

왕은 나라의 창고를 활짝 열어 곡식을 나눠 주고, 가뭄 피해가 유난히 심한 지방을 여기저기 돌아다니며 백성들을 위로했다.

그런 한편으로 군사를 풀어 도적 떼를 소탕하느라 했지만, 잡초는 뽑고 나서 돌아서면 금방 다시 돋아나듯이 별다른 소용이 없었다.

온 나라를 재앙에 빠뜨린 가뭄의 피해는 가을로 접어들

어, 부족한 대로나마 곡식을 어느 정도 거두게 되면서 그럭
저럭 수습이 가능해졌다.

백제가 이처럼 나라 안의 문제로 어려움을 겪고 있을 때,
비밀리에 내보냈던 세작의 눈과 귀를 통해 나라 밖에서 들
려오는 소식도 시끄럽기는 마찬가지였다.

온조왕이 큰 관심을 기울인 바깥소식은 심각한 국제 분
쟁에 휘말려 곤경에 처한 고구려의 사정이었다.

고구려 유리왕 31년인 서기 12년, 중국 신나라가 자기네
의 큰 적인 흉노족을 정벌하려고 군사를 일으키면서 고구
려에 지원군을 요구한 것이 사건의 발단이었다.

고구려는 강요에 못 이겨 마지못해 응했는데, 이 파견된
군사들이 차별 대우에 화가 나서 모두 도망쳐 떼도둑이 되
고 말았다.

설상가상으로 신나라 장수가 이들을 토벌하려고 섣불리
달려들었다가 오히려 죽임을 당하는 바람에 사건이 더욱
복잡하게 커져 버렸다.

분노한 신나라는 그 책임을 물어 고구려를 침공해 와 장
수를 죽이고, 고구려왕을 '하구려후'라고 깎아내려 조롱거
리로 삼았다.

한자로 높을 '고'자 대신에 낮을 '하'자를 붙여서 '하구려'라 하고, '후'는 왕보다 격이 한참 낮은 벼슬을 뜻하는 호칭이었다.

유리왕은 노발대발했다.

"처음에 문제를 만든 게 어느 쪽인데 이 야단인가? 더구나 모욕적인 호칭으로 나를 조롱하다니, 도저히 용서 못 하겠구나."

유리왕은 화풀이로 즉시 군대를 내보내 신나라 변경 여기저기를 공격했다. 그 바람에 고구려와 신나라 접경 지역에서는 크고 작은 전투가 잇달았다.

이듬해 겨울에는 부여가 침공해 와 고구려는 또 큰 전쟁을 치러야만 됐다.

유리왕은 왕자 무휼에게 군사 지휘권을 맡겨 싸우도록 했다.

무휼은 셋째 왕자이지만, 어려서부터 장수의 자질이 다분하고 총명하며 지혜로운 꾀주머니로 주위의 기대와 사랑을 받았다.

무휼은 군사 수효에서 딸리기 때문에 정면충돌보다 매복 전투를 택했다. 숲이 울창한 골짜기에 군사를 숨겨 놓고 기다렸다가 부여군을 갑자기 공격해 혼란에 빠뜨린 다음, 도망치는 적을 쫓아가서 크게 이겼다.

이 승전의 공으로 이듬해 정월에 형들을 제치고 태자에 봉해져 군사 지휘권을 손에 쥐었으며, 몇 년 후에 아버지 유리왕이 세상을 떠나고 나서 보위에 오르니, 그가 바로 제 3대 대무신왕이다.

'사방이 강한 적국으로 둘러싸인 고구려의 사정에 비하면 우리 백제는 그나마 운이 좋은 편 아닌가. 이럴수록 하루빨리 굳건한 나라를 만들어야겠구나.'

온조왕은 이처럼 결의를 단단히 다졌다.

이 무렵, 서라벌 쪽에 갔던 세작이 색다른 소식을 가지고 돌아왔다.

"제가 갔을 때, 서라벌에 큰 난리가 났습니다. 도성인 금성에서 가까운 바닷가에 동쪽 섬나라 왜적들이 백여 척이나 되는 배를 타고 떼거리로 몰려오지 않았겠습니까. 이들 무리는 키가 작고 오종종한 데다 벌거숭이나 다름없는 반은 짐승 같은 족속인데, 워낙 사납고 재빠르기 이를 데 없어 서라벌 사람들이 머리를 쩔레쩔레 흔들더군요. 사람을 함부로 죽이고 곡식과 재물을 깡그리 털어 가는 바람에, 모두 벌벌 떨며 지긋지긋해한답니다."

'왜구'라고 불리는 이 해적들은 근년 들어서 유난히 자주 나타나 서라벌의 큰 골칫덩이가 됐다.

육지에서라면 정면으로 부딪쳐 죽든 살든 싸울 수나 있지, 이들은 한창 분탕질을 치다가도 서라벌 군사들이 달려오면 날쌔게 배에 올라 도망치기 때문에 효과적으로 무찌르거나 막을 방법이 없었다.

"배가 몇 척뿐이라면 단순한 도둑들이라고 볼 수 있지만, 백여 척이나 됐다면 이건 그야말로 전쟁 아니오?"

온조왕이 걱정스러운 얼굴로 을음에게 고개를 돌리며 의견을 물었다.

"왜 아니겠습니까. 그 미개한 족속들이 서라벌뿐만이 아니라 진한과 변한의 바다 쪽 변두리에도 종종 나타난다고 알려져 있지만, 우리 백제 쪽에는 별로 이렇다 할 기미를 안 보여 그나마 다행이라면 다행이지요."

이렇게 대답하는 을음의 표정도 어두웠다.

"아직은 그럴지언정 앞으로도 영영 안 그러리라고 마음을 놓아서는 안 되겠지요."

"물론입니다. 작은 도둑이 큰 도둑 된다고, 놈들이 훗날 이쪽 바다까지 올라오지 않으리라고 어떻게 장담하겠습니까."

하지만 당장은 거기까지 염려할 겨를이 없었다.

마한 전역을 백제 왕국으로 확실히 탈바꿈시키는 것, 이것이 코앞에 놓인 시급하고 커다란 숙제였기 때문이다.

온조왕 34년인 서기 16년에 일어난 군사 반란은 나라 기틀을 다지기에 온 마음과 몸으로 노력하는 왕의 뒤통수를 때린 것이나 다름없는 중대 사건이었다.

이 반란의 주인공은 왕이 언젠가 웅천에 울짱을 세우려고 했을 때, 목지국 진왕한테 맨 먼저 일러바친 우곡성 성주 주근 바로 그 인물이었다.

주근은 마한 연맹 대부분이 백제에 흡수되고 나서도 깨끗이 승복하지 않고 상황이 어떻게 돌아가는지를 이리저리 살피는 어정쩡한 태도를 보였다.

왕은 이런 주근의 태도가 못마땅해 눈에 거슬렸지만, 원산성과 금현성 경우처럼 언젠가는 스스로 찾아와 무릎을 꿇으리라 예상하고 기다려 주기로 했다.

그런데도 주근은 왕의 기대를 저버리고 몇몇 부족 국가 군주들을 꼬드겨 반란을 일으켰던 것이다.

노발대발한 왕은 병력 5천 명을 이끌고 직접 우곡성으로 달려갔다.

우곡성 군사들은 성문을 굳게 닫고 백제 군사들이 접근을 못 하도록 하는 농성전에 들어갔다.

왕은 성루에 버티고 선 주근을 말채찍으로 가리키며 꾸짖었다.

"괘씸한 놈! 내가 지난번에 네 죄를 묻지 않고 넘어간 것은 그나마 인생이 가련해서 살 기회를 주고자 함이었다. 그런데도 어루만져 주려는 손길을 성질 못된 개가 물어뜯으려고 하는 짓과 같으니, 이런 네놈을 내 어찌 살려 둘 수 있으랴."

주근이 큰 소리로 맞받았다.

"가소롭구나. 일찍이 너희 족속이 북쪽에서 거지처럼 내려와 발붙일 데 없는 초라한 처지였을 때, 어진 우리 임금께서 인정을 베풀어 땅을 떼어 주고 연맹에도 품어 주셨다. 그런데도 얼마쯤 형편이 나아지니까 오히려 나라를 훔치고 연맹을 흩뜨려 놨으니, 도대체 이런 배은망덕하고 적반하장이 세상에 어디 있단 말이냐?"

모진 치욕을 당한 왕은 화를 못 참아 부들부들 떨며 공격 명령을 내렸다.

성을 빼앗으려하고 지키려하는 싸움의 경우, 지키는 쪽이 지형지물을 이용할 수 있어 유리하기 마련이었다.

하지만 그런 조건 비교는 양쪽 병력이 엇비슷해야만 가능한 이야기였다.

이 경우는 우곡성의 군사가 1천 명이 못 되는 데 비해서 상대편은 그 다섯 배가 넘었다. 그러므로 결과가 뻔한 싸움이 될 수밖에 없었다.

그래도 우곡성 군사들은 성주의 지휘 아래 용감하게 방어전을 벌였다.

"두려워하지 마라! 조금만 버티면 우리를 도우려고 우군이 달려올 것이다."

주근은 목이 터져라 외치며 부하들을 독려했다.

그가 믿는 구석은 자기가 동지라고 생각하는 몇몇 부족 국가 군주들이었다.

그러나 아무리 기다려도 우군은 나타나지 않았다. 백제군의 진공이 예상외로 빨랐을 뿐 아니라 그 기세가 대단함을 보자 다들 겁을 집어먹고 살 궁리로 돌아섰기 때문이었다.

우곡성 군사들은 마침내 기운이 빠지고 말았다.

"도우러 올 거라더니, 왜 아무도 코빼기를 안 보이지?"

"성주께서 거짓말로 우릴 속인 거야 뭐야."

"애초부터 무리한 잘못이었어. 계란으로 바위 치기지."

군사들의 마음이 이렇게 어지러운데 제대로 된 싸움이 될 리가 없었다. 무기를 버리고 도망치거나 몸을 숨기는 자가 한둘이 아니었다.

상대편의 군기가 무너지는 기미를 알아차린 백제군이 북을 울리고 함성을 지르며 맹렬히 돌진하자, 우곡성 군사들은 단번에 허물어지고 말았다.

주근은 결박된 피투성이 모습으로 왕 앞에 끌려와 무릎이 꿇려졌다.

왕은 불타는 눈빛으로 노려보며 꾸짖었다.

"너 이놈, 하늘 무서운 줄을 모르고 감히 역심을 품다니, 그러고도 네가 명대로 살 줄 알았더냐?"

주근이 껄껄 웃었다.

"역심을 품고 세상을 어지럽힌 게 누군데 그런 말을 하시오? 참으로 가소롭구려."

"아니, 뭐가 어째?"

"패한 장수가 어찌 살기를 바라겠는가. 더 이상 욕보이지 말고 어서 죽여 주시오."

주근에 대한 미움이 뼈에 사무친 왕은 그의 허리를 잘라 몸을 두 동강이로 만들어 버린 뒤, 그래도 분이 덜 풀려 그 가족까지 모조리 죽이고 말았다.

이 당시는 땅이 넓은 데 비해 인구는 적어서 머릿수가 곧 나라의 중요한 자원인 동시에 발전의 원동력인 셈이었다.

그랬기 때문에 새로 성 하나를 쌓으면 이미 있던 다른 성의 백성을 두 무리로 나눠 한 무리가 거기 옮겨 가 살도록 하는 방식으로 거점 확보를 늘리는 한편, 황무지로 놀리던 근처의 땅을 곡식을 얻을 수 있는 경작지로 개척해 나갔다.

온조왕 36년(서기 18년)에 탕정성1을 쌓은 것도 이런 뜻에서였고, 대두성2의 백성들을 나눠서 한 무리를 이곳에 옮겨 가 살도록 했다.

또, 고사부리성3을 쌓은 것도 이해의 일이었다.

어느 날, 한 신하가 왕에게 아뢰었다.

---

1 탕정성(湯井城): 지금의 충청남도 아산시 온양.
2 대두성(大豆城); 지금의 충청남도 아산시.
3 고사부리성(古沙夫里城): 지금의 전라북도 정읍시 고부면 고부리에 있는 백제의 성곽이다.

"지난날 대왕께서 목지국 군주를 끌어내렸을 때 감히 반기를 들었던 곳이 원산성과 금현성이었지요. 그랬다가 이듬해에 두 성이 항복하자, 그곳 백성들을 한성 북쪽에 옮겨 살도록 하시지 않았습니까. 그 이후 지금까지 원산성과 금현성은 거의 텅 빈 채로 내버려져 있습니다. 이것은 나라의 큰 손실이므로, 이 두 성을 수리하고 다른 곳 백성들을 나눠 그곳으로 옮겨 가 살도록 하는 것이 어떨까 싶습니다."

"좋은 생각일세."

왕은 흔쾌히 찬성하고, 곧 시행하도록 명령을 내렸다.

'사람이 하고자 하는 일도 하늘이 도와주시지 않으면 이루어지기 어렵나 보구나!'

왕은 한숨을 길게 내쉬며 실망의 탄식을 토했다.

해가 바뀐 온조왕 37년(서기 19년)의 일이었다.

봄에 달걀만 한 우박이 갑자기 쏟아져 사람이 많이 다쳤을 뿐 아니라, 새들도 무수히 맞아 죽는 소동이 벌어졌다.

그 우박이 불길한 징조이기라도 했던 모양이다.

이때부터 비가 한 방울도 내리지 않아 온 강과 시내가 어느덧 바닥을 드러내고, 곡식은 물론이려니와 산과 들의 나무와 풀들이 모두 푸른빛을 잃었다.

초여름이 돼서야 겨우 비가 내려 가뭄이 해소되긴 했지만, 이미 묘를 심는 시기를 놓치거나 심었던 묘도 메말라 시들어 버렸으니 농사가 제대로 될 리 없었다.

가뭄의 피해가 제일 큰 지방이 한수 동북부 지방이었다.

거기서는 굶어 죽는 사람이 셀 수도 없을 뿐 아니라, 가족이 함께 보따리를 이고 지고 북쪽 낙랑이나 고구려로 삶을 찾아 떠나가는 행렬이 끝도 없이 줄을 이었다.

사정이 이렇다 보니 대방4 이북에는 인적이 드물어 사람의 씨가 말랐다고 해도 말이 지나치지 않을 정도였다.

'이대로 예사롭게 넘어갈 일이 아니다. 정성을 다하면 하늘도 감동한다 했는데, 노력해서 안 되는 일이 어디 있나.'

이렇게 큰마음 먹고 자신을 다독인 왕은 이듬해 봄이 되자마자 스스로 농사꾼이 돼어 도성을 출발했다.

직접 땅을 일구고 씨를 뿌리려는 수작이 아니었다.

백성들에게 다가가 얼마나 어려운지 눈으로 보고 귀로 들어 현실 상황을 제대로 파악하며, 그들이 절망하지 않도

---

4 대방(帶方): 지금의 황해도 황주.

록 헤쳐 나갈 방법을 함께 의논하고 용기와 희망을 불어넣기 위해서였다.

순무5의 발길은 동쪽으로 주양6과 북쪽으로는 패하7에 이를 정도로 범위가 넓었다.

기간도 거의 두 달이나 걸렸으니, 결코 편안한 여행이 될 수 없는 것은 당연했다.

따르는 신하들과 관원들은 혹시라도 임금이 병에 걸려 쓰러질까 봐 조마조마했다.

"대왕마마, 이제 궁으로 돌아가심이 어떻겠습니까? 이만하면 충분한 줄 압니다."

도중에 신하들이 넌지시 권하면, 왕은 단호히 고개를 저었다.

"무슨 소리! 내 자식인 백성들이 이런 곤경에 빠져 있는데, 어찌 한 곳인들 빼놓을 수 있단 말인고."

---

5 순무(巡撫): 여러 곳을 두루 돌아다니면서 백성들의 마음을 위로하고 달램.
6 주양(走壤): 현재의 강원도 춘천 지역으로 비정된다. 강원도 평강으로 비정하는 견해도 있다.
7 패하(浿河): 패수와 동일한 것으로 간주하여 대동강으로 보는 견해, 예성강으로 보는 견해, 임진강으로 보는 견해 등이 있으나, 현재의 예성강으로 보는 것이 일반적이다.

이러면서 오히려 발길을 재촉하는 데는 신하들과 관원들도 어쩔 수 없었다.

이윽고 도성으로 돌아온 왕은 농사와 양잠8에 관해서 잘 아는 관원을 수십 명 뽑아 각 지방에 내려 보냈다.

이들에게는 백성들을 지도하고 적극 권장해서 생산력을 높이도록 하라는 임무가 주어졌다.

그런 다음, 왕은 신하들에게 엄명을 내렸다.

"앞으로 당분간은 급하지 않은 일로 백성들을 소란하게 하고 힘들게 하는 일이 절대 없도록 하라."

이 소식이 넓게 퍼져 나가자, 백성들은 너도나도 어진 임금의 공덕을 칭송하며 기뻐했다.

왕은 이것으로도 모자라, 가을에는 큰 제단을 쌓고 성대한 제사를 올렸다.

나라가 융성하고 백성들이 두루 편안하도록 하늘과 땅의 신에게 간곡히 비는 제사였다.

---

8 양잠(養蠶): 고치를 생산하기 위해 뽕을 길러 누에를 치는 일.

한동안 조용한 듯했던 북쪽 국경이 다시 소란스러워진 것은 그로부터 두 해가 지나서였다.

온조왕 40년(서기 22년) 가을, 말갈군이 두 번에 걸쳐 술천성1과 부현성2으로 쳐들어왔던 것이다.

'또 시작이구나. 대체 이런 무지막지한 놈들을 어찌하면 좋단 말인가.'

왕은 속으로 탄식하며 속히 군사를 내보내 침략군을 무찔러 쫓아냈다.

그러고 나서 안도의 한숨을 채 다 쉬기도 전인 이듬해 정월, 왕에게 마른하늘의 날벼락 같은 보고가 들어왔다.

'을음이 갑자기 병이 들어 사경을 헤맨다고 합니다.'

왕은 깜짝 놀라 바삐 을음의 집으로 달려갔다.

"아니, 이게 대체 무슨 변고란 말이오?"

---

1 술천성(述川城): 지금의 경기도 여주시.
2 부현성(斧峴城): 지금의 강원도 평강군.

병석에 누운 을음의 손을 잡으며 부르짖는 왕의 눈에 눈물이 글썽했다.

을음도 관자놀이로 눈물을 흘리며 힘없이 대답했다.

"저의 불충을 부디 용서하십시오. 저도 이제 나이가 나이인 만큼 충분히 살았습니다. 그러니 당장 숨진다 해도 무엇이 아쉽겠습니까. 다만, 대왕마마의 크나큰 은혜에 제대로 보답을 못해 드리고 가는 것이 죄송하고 안타까울 따름입니다."

"무슨 소리! 나라가 이만큼이나 부강해진 게 다 공의 덕이잖소. 제대로 보답을 못한 건 바로 이 사람이오."

"그런 말씀 마소서. 오늘의 이 나라는 순전히 대왕마마께서 이룩하신 것이지요. 저는 고작해야 마마의 도포 자락 붙들고서 따라 모신 수고밖에 한 일이 없습니다. 아무쪼록 모든 신하들과 백성들의 추앙을 받으시어 더 큰 성공을 부디 이루소서."

"공이 떠나고 없으면 누구한테서 제대로 보필을 받는단 말이오?"

"한 사람 천거해 올리겠습니다. 지금 북부를 맡고 있는 해루가 그 적임자이지요. 이 늙은이가 죽음에 앞서 드리는 당부를 부디 가슴에 새기소서."

백제의 행정 구역은 북·남·서·동 4개 부인데, 해루는 북부의 행정 책임자였다.

이윽고 을음이 세상을 떠났다.

그는 백제 초창기 역사 개척의 한 단락에 뚜렷한 방점을 찍은 큰 인물이었다.

을음의 장례를 성대하게 치른 후, 왕은 해루를 새 우보에 임명했다.

해루는 본래 부여에 살다가 내려온 인물인데, 지식이 풍부할 뿐 아니라 나이가 일흔 살인데도 젊은 사람 못지않게 기운이 장사였다.

그는 왕 앞에 엎드려 감사드린 후, 이렇게 말했다.

"보잘것없는 저에게 큰일을 맡겨 주셔서 놀랍고 황공합니다. 기왕이면 제가 평소 마음에 두고 있던 숙제부터 해결하도록 허락해 주소서."

"그 숙제란 무엇이오?"

"하남 위례성은 대왕께서 고구려로부터 내려와 도착하신 후 처음 터를 잡으신 도성입니다. 다른 말로 뜻하자면 나라의 뿌리가 내린 곳이지요. 이후 이곳 한성으로 도읍을 옮기신 것은 어쩔 수 없는 사정 때문이었으나, 그렇더라도 위례성은 우리 백제의 중요한 성지이므로 절대 소홀히 해서는 안 됩니다. 그런데도 지금까지 몇 차례나 말갈 도적들의 침입으로 큰 피해를 입었고, 이후 제대로 복구되지 않은 채 거의 버려져 있는 거나 다름없습니다. 대왕께서 오늘 저에게 큰일을 맡기신 이상, 우선 그것부터 해결하도록 허락해 주십시오."

"경의 말이 옳소. 시행하도록 하오."

왕의 허락이 떨어지자, 해루는 즉시 위례성 수리 사업을 추진했다.

한수 동북쪽의 모든 고을들에서 열다섯 살 이상인 남자들이 추려 내어져 공사에 동원됐다.

백성들이야 고단한 노력 봉사가 달가울 리 없겠지만, 나라의 정체성을 세우는 중요한 일이므로 부득이한 일이었다.

24

이 무렵, 북쪽에 갔던 세작이 굉장한 소식을 가지고 돌아왔다.

'고구려 대무신왕이 부여와 전쟁을 벌여 그 왕을 죽이고 나라를 합쳤다.'

이 소식은 백제 조정을 깜짝 놀라게 했거니와, 당시 동아시아 전반의 국제 정세를 놓고 보더라도 엄청난 사건이었다.

우리나라의 기원인 고조선이 한창 번성할 때 그 중심 세력의 하나였던 부여족은 고조선 멸망 후에 자기네 스스로 나라를 세움으로써 오히려 존재감을 뚜렷이 높인 것이 사실이었다.

태자일 때 주몽을 죽이려고 해서 도망치도록 만든 대소왕은 주몽이 고구려를 세운 후에도 깔보아 무시하는 태도가 여전했다.

대무신왕 3년인 서기 20년 가을, 대소왕이 이상하게 생긴 짐승 한 마리를 보내왔는데, 머리 하나에 몸이 둘인 붉은 까마귀였다.

이런 내용의 편지가 함께 전달됐다.

'까마귀는 원래 검은데 색이 변해 붉어졌고, 머리가 하나인데 몸이 둘인 것은 두 나라가 합쳐질 징조가 아니겠는가.'

은근한 비웃음인 동시에 노골적인 전쟁 위협이었다.

대무신왕이 이런 답신으로 대답했다.

'검은색은 북쪽을 상징하는 색인데 남쪽의 색이 됐고, 붉은 까마귀는 복되고 운 좋은 일이 있을 것임을 미리 알려주는 고마운 짐승이니라. 그런데도 그대가 안 가지고 나한테 보냈으니, 두 나라의 운명이 과연 어떻게 될지 누가 장담할 수 있으랴.'

이 편지를 읽은 대소왕은 깜짝 놀라 까마귀를 괜히 보냈다고 후회했다.

대무신왕 5년인 서기 22년 봄, 고구려군이 선제공격으로 부여에 쳐들어가자, 부여군도 기다렸다는 듯 마주 달려들었다.

겨울 동안 쌓였던 눈이 녹은 진창에서 벌어진 큰 싸움에서 고구려 장수 괴유가 한칼에 대소왕의 목을 베어 버렸다. 대무신왕의 입장에서 보면 할아버지의 원수를 손자가 갚은 셈이었다.

자기네 임금의 참혹한 죽음을 본 부여군은 복수심에 눈이 뒤집혀 고구려군을 사납게 몰아붙였다.

이 바람에 고구려군이 수세에 몰렸지만, 그것도 잠시뿐이었다. 임금을 잃은 부여는 스스로 갈라져 맥없이 무너지고 말았다.

대소왕의 막내아우 갈사가 압록곡 부근에 작은 왕국을 세워 떨어져 나가자, 그의 사촌 형이 부여 백성 1만여 명을 데리고서 고구려에 귀순해 버렸다.

이로써 고구려는 하루아침에 동아시아의 강국으로 우뚝 일어섰고, 계속해서 주변의 작고 약한 나라들을 정복해 땅을 점점 넓혀 나갔다.

북쪽의 이런 정세 변화를 바라보는 온조왕의 기분이 썩 편할 리가 없었다.

'고구려가 저처럼 힘이 강해져 사방으로 뻗어 나가면, 언젠가는 낙랑까지 손에 넣는 날이 올지도 몰라. 그럼 우리 백제와 국경이 맞닿게 되는데, 그때는 두 나라 사이의 관계가 어떻게 될까? 낙랑과 비교해서 더 적대적일까, 아니면 우호적일까?'

왕은 먼 북쪽 하늘을 노려보며 한숨을 내쉬었다.

온조왕 43년(서기 25년) 초가을, 이상한 사건이 일어났
다.

"아니, 저게 뭐야! 기러기 떼 아닌가?"

"그런 모양이군. 어림잡아 백여 마리도 더 되는 거 같
네."

"아직 춥지도 않은데, 기러기가 날아오기엔 시기가 좀 이
르잖아?"

"글쎄 말이야. 한데, 저 새들이 떼를 지어 왜 시골도 아
닌 도성으로 날아오는 거냐고."

한성 사람들은 하늘을 쳐다보며 한마디씩 했다.

이처럼 많은 사람들의 관심을 끌며 북쪽에서 날아온 기
러기들은 하필이면 궁궐의 지붕과 나무에 내려앉았다.

그러더니 한참만에야 다시 날아올라 어딘가로 가 버렸
다.

왕이 점을 치는 신하를 불러들여 물었다.

"나라에 무슨 큰일이 생기려면 그 전에 이상한 일이 일어

나곤 하는데, 난데없는 기러기 떼가 궁궐에 날아왔으니, 이게 대체 무슨 징조인고?"

신하가 웃으면서 자신 있게 대답했다.

"대왕마마, 아무 걱정 마십시오. 이건 나쁜 징조가 아니라 좋은 징조입니다."

"정말인가?"

"그렇습니다. 기러기는 백성을 상징하므로, 머잖아 먼 곳 사람들이 대왕마마의 품으로 찾아올 테니 두고 보십시오."

이 당시는 땅은 드넓은데 비해 사람은 부족해서, 인구수는 곧 국력의 가장 기본 조건이었다.

그렇기 때문에 어느 나라든지 다른 나라 사람들이 이주해 오는 것은 크게 환영할 일이었다.

기러기 소동이 있은 지 얼마 후, 부양[1] 고을에서 색다른 보고가 올라왔다.

'옥저 사람 구파해를 비롯한 이십여 가족 백여 명이 우리나라에 귀화하고자 지금 이곳에 도착해서 조정의 허락

---

1 부양(斧壤): 지금의 강원도 평강군.

을 구하고 있습니다. 그러니 마땅한 처분을 내려 주십시
오.'

'옥저'는 그 당시 지금의 함경남북도 일대에 여러 무리를
이루고 살던 미개한 부족들을 아울러 부르는 이름이며, 함
흥 지역을 중심으로 한 '동옥저'와 두만강 유역이 중심인
'북옥저'로 구분되었다.

옥저는 해안을 따라 동북 방향으로 길게 이어진 땅이 대
체로 기름져서 농사가 잘 되고, 바다가 가까운 덕분에 해산
물도 풍부했다.

이곳 사람들은 오랫동안 낙랑·현도·고구려 등 크고 강
한 지배 세력에게 번갈아 계속 압박받으며 살아야 했는데,
구파해는 동옥저의 한 작은 부족을 이끌며 다스리던 족장
이었다.

이윽고 온조왕 앞에 찾아와 엎드린 구파해가 아뢰었
다.

"살 곳을 잃고 무작정 떠나와서 고생하는 저희를 불쌍
히 여기시어 큰 은혜를 베풀어 주신 대왕께 뭐라고 감사
를 드려야 할지 모르겠습니다. 아무쪼록 뼈를 가루로 빻
는 것이나 다름없는 노력으로 충성을 다해 보답하겠습니
다."

왕이 물었다.

"그대들은 어째서 여태 터를 잡고 살아오던 곳을 버리고 이렇게 멀리 떠나왔는고? 자세한 곡절을 솔직히 말해 보라."

"예, 숨길 게 뭐가 있겠습니까. 제가 살던 곳은 대왕마마의 땅 끝에서 그리 멀지 않은 북쪽입니다. 부족 백성들과 함께 대대로 물려받은 땅을 일궈 농사를 짓고, 바다에서 얻는 해산물도 있어서 그리 넉넉하지는 않을망정 부족한 줄 모르고 살아왔지요. 그런데 저희들을 다스리는 낙랑의 고을 관리들이 근년에 와서 농산물과 해산물을 너무 많이 바치라고 윽박지르는 바람에 살기가 매우 어려워졌습니다. 하지만 힘이 없는 저희들이 그 무리하고 부당한 요구를 싫다고 거부하는 것은 죽기를 각오하고서나 가능한 노릇이지요. 그래서 속을 끓인 끝에 제 직속 족인들을 이끌고 새로운 삶을 찾아 대왕마마의 나라까지 허둥지둥 내려오게 됐습니다."

"듣고 보니 가련하구나."

왕은 구파해 일족의 귀화를 받아들이고, 이들에게 한성 가까운 곳의 땅을 떼어 줘 농사짓고 살도록 했다.

이처럼 백제는 문호를 활짝 열어 구파해 부족 같은 어려운 사람들을 적극 받아들여 정착해 살도록 지원하는 선처에 인색하지 않았기 때문에, 소문을 듣고 북쪽에서 내려오는 유이민들이 꽤 많았다.

이와 같은 유화 정책이 왕 자신의 출신 성분과 고생스러웠던 옛날 경험의 기억 때문임은 말할 나위가 없었다.

'나도 이젠 세상을 하직할 날이 그리 멀지 않았나 보다.'

온조왕은 홀로 있을 때 스스로를 돌아보며 이런 생각을 곧잘 하곤 했다.

당시는 보통 사람들의 경우 나이가 마흔 살만 돼도 오래 살았다고 부러움을 사는 데 비해 그는 거의 곱절 가까운 세월을 지나왔고, 임금 자리에 오른 지도 어언 사십오륙 년이나 됐다.

말을 달리며 화살을 쏴서 짐승을 잡는 사냥을 평생의 취미로 삼아 즐겨왔건만, 이제는 사냥은커녕 말 위에 오르기조차 숨이 차고 위태로운 고역이 되고 말았다.

'내 살아온 삶이 참으로 험난하고 기구절절하구나.'

왕은 이렇게 뇌며 혼자 쓸쓸히 웃었다.

동명성왕 의붓아버지에 관한 추억, 형과 함께 어머니 모시고 남행길 모험에 나섰을 때의 갖은 고생, 겨우 작은 나라를 일으켜 마한의 한 부족 국가로 발걸음을 뗀 원대한 야망의 시작, 자기 몸이나 다름없는 어머니와 형의 임종을 지켜봐야 했던 회한, 말갈·낙랑과의 힘겨운 전쟁, 마한 정복과 반란 세력 진압 등, 돌이켜 보면 참으로 긴 꿈만 같았다.

'그만하면 영웅다운 남아의 일생이라 해도 과히 부끄럽진 않으렷다.'

이런 자부심을 느끼기도 했다.

하지만, 나라의 앞날을 생각하면 이 정도로 만족하고 안심할 수가 없었다.

북쪽에서 말갈과 낙랑이 여전히 노려보며 으르렁거리고, 그보다 더 위에는 언제 창칼을 부딪치는 날이 올지 모르지만 고구려라고 하는 더 강력한 적수가 버티고 있었다.

동쪽에는 수십 년이나 앞선 역사를 뽐내는 선진 왕국 서라벌과, 여전히 저희 나름으로 존재하는 진한·마한 연맹국들도 눈에 거슬리기는 마찬가지인 장애물이었다.

'하지만 어쩌겠나. 세상 모든 일이 다 하늘의 뜻에 달렸거늘. 나는 아무쪼록 내 몫을 다했느니라. 그걸로 된 거 아닌가?'

이처럼 자신을 비우기로 하니 마음이 한결 가벼워졌다.

태자인 다루가 자신을 닮아서 생각이 넓고 깊으며 행동거지가 씩씩한 점이 다행이라면 다행이었다.

아들이 자기 업적을 잘 보존해서 이어 갈 수 있을 것 같았다.

왕은 다루를 조용히 불러 물었다.

"아비가 떠나고 나면 이 나라의 임자는 바로 너 자신이라는 사실을 명심하여라. 아무래도 이제 너한테 다짐으로 이 말을 해야 할 때가 됐나 보구나."

다루가 깜짝 놀라 외쳤다.

"부왕마마, 아직도 기력이 정정하시고 정신이 맑으셔서 정무를 보시는 데 한 치도 소홀함이 없으신데, 어찌 이런 듣기 송구한 말씀을 소자한테 하십니까?"

"그렇지 않다. 사람의 앞일은 코앞의 것도 장담을 못 하는 법인데, 하물며 이 아비는 이미 일흔 고개를 넘긴 늙은이가 아니냐. 그러니 내가 내일 아침에 갑자기 눈을 안 뜨고 못 일어난다 해도 전혀 놀랄 일이 아니니라."

"부왕마마!"

손바닥을 쳐들어 아들의 말을 단호히 막은 왕이 물었다.

"이제 너한테 정식으로 묻겠으니, 나라의 가장 기본이 너는 뭐라고 생각하느냐?"

"그야 백성이지요."

"뭐라? 땅이 아니라 사람이라고?"

"예."

"어째서 그런고?"

"땅은 본래 있는 자리 그대로 항상 변함이 없지 않습니까. 그러니까 기회와 힘만 있으면 언제든지 차지할 수 있습니다. 하지만 사람들은 모두 생각과 감정이 제각각이지요. 그렇기 때문에 백성들 모두의 마음을 한데로 모으지 않으면 어찌 나라가 지탱되겠습니까."

"그렇긴 하지. 민심이 떠난 나라의 뒤끝이 어떤지는 우리가 이제껏 눈이 아프도록 봐 왔지 않느냐."

"물론입니다."

"그래서 너는 임금이 됐을 때 백성들 마음을 어떻게 붙들어 어루만질 작정인고?"

"특별한 계획 같은 건 생각해 본 적이 없습니다. 아바마마께서 이제껏 해 오신 바를 거울삼으면 되지 않겠습니까. 거기에다 감히 덧붙인다면, 백성들의 힘들고 딱한 사정을 눈여겨 살펴 온정을 베풀고, 벼슬아치들이 바른길을 벗어나지 않도록 잘 단속할 작정입니다."

"옳은 방향을 생각했구나. 거기에다 이 아비가 한 가지를 덧붙이고 싶구나."

"무엇인지 가르쳐 주십시오."

"조정 원로대신들의 지혜를 적극 빌리도록 권하고 싶다. 특히 우보 해루를 스승으로 삼아 그한테 모든 일을 물어보도록 하여라. 그렇게만 하면 나랏일을 처리해 나가는 데 어려움이 없을 것이니라."

"예, 잘 알았습니다. 명심하겠습니다."

온조왕 45년(서기 27년), 이 해에는 봄부터 여름까지 비가 거의 내리지 않아 자연재해가 심각했다.

강이 말라 바닥이 드러나고, 산과 들의 초목이 온통 시든 데다 논밭의 곡식은 대책 없이 타들어 갔다. 그러니 흉년이 드는 것은 당연했다.

굶어 죽는 사람이 생기고, 여기저기서 도적 떼가 설쳐 그렇잖아도 고난에 허덕이는 백성들을 더욱 괴롭혔다.

그뿐만이 아니었다. 가을에는 지진이 일어나서 집들이 무너지고 사람이 죽기도 했다.

어려움에 처한 백성들은 무정한 하늘을 쳐다보며 울부짖었다.

이것으로도 모자라 엉뚱하게 자기네 임금도 원망의 대상으로 삼았는데, 민심이란 그런 것이었다.

"이게 다 임금인 내 덕이 부족한 탓이로구나."

병석에 누운 왕의 관자놀이로 두 줄기 눈물이 흘러내렸다.

그렇잖아도 연로한 데다 심약해진 왕은 잇단 자연재해 때문에 속을 끓이다 못해 병이 들었고, 백 가지 약도 소용이 없었다.

이렇다 보니 궁궐뿐 아니라 온 도성이 깊은 시름에 잠기고, 신하든 일반 백성이든 누구나 가슴을 졸이며 말과 행동을 조심했다.

조정에서는 하늘과 땅의 신을 섭섭하게 해서 재앙을 부른 데 대한 용서를 구하고, 아울러 임금의 병을 낫도록 해 달라는 소원을 담아 큰 제사를 올렸다.

이런 분위기 속에 겨우겨우 연명하던 왕은 스산한 겨울을 가까스로 넘기고 새해에 들어서야 마침내 운명의 순간을 맞이했다.

태자 다루를 비롯해서 왕족들과 신하들이 애간장을 끓이며 흐느끼는 가운데, 병상에 누운 왕은 초점이 흐린 눈으로 멍하니 허공을 바라보며 떨리는 음성으로 힘없이 중얼거렸다.

"그대는…… 그대는 누구인고?"

이것이 파란만장한 일생을 살아온 영웅이 남긴 마지막 말이었다.

때는 온조왕 46년, 서기 28년 초봄이었다.

성대한 장례를 치른 후 왕의 유해는 한성 부근에 묻히고, 백제의 역사 연대기는 제2대 다루왕 시대의 단락으로 이어져 넘어갔다.

온조 해설

▶ **백제의 건국 설화**

우리가 보통 '삼국 시대'라고 하는 신라 · 고구려 · 백제
는 세 나라가 비슷한 시기에 일어났으므로 서로의 역사 연
관성이 당연하고 자연스럽다.

신라가 맨 먼저이고 다음이 고구려, 마지막이 백제인데,
이들 세 나라의 건국 과정을 살펴보면 공통되는 한 가지 특
징을 집어낼 수 있다.

그 당시 역사를 가장 잘 알 수 있는 우리나라의 귀중한
자료가 고려 시대에 학자 김부식이 쓴 『삼국사기』와 중 일
연이 쓴 『삼국유사』다.

이 두 역사 기록은 신라 · 고구려 · 백제 세 나라를 각각
세운 주체 세력이 고조선에서 떨어져 나온 유이민 또는 그
자손들이라고 했다. 뿐만 아니라, 중국의 많은 옛날 문헌들
에도 그렇게 적혀 있다.

고조선은 우리 민족의 기원인 나라다.

서기전 2333년에 건국했다고 알려진 고조선은 그 무렵 동아시아 대륙을 호령하던 크고 강한 나라 중의 하나로 발전해 왔다. 그러다가 서기전 109년, 오랫동안 힘겨루기를 해 오던 중국 한족과의 큰 전쟁에서 패하고 역사의 뒤안길로 사라졌다.

이때 나라를 잃어버린 많은 고조선인이 전쟁의 아픔과 한족의 압박 지배를 벗어나기 위해 고국 땅을 떠나 뿔뿔이 흩어졌는데, 이 중의 몇 갈래가 남쪽으로 멀리 내려와 한반도에 들어와서 삼한 시대의 사회 발전에 큰 영향을 끼쳤다.

여기서 말하는 '삼한'은 신라·고구려·백제 이전의 작은 부족 국가들 연맹 집단인 진한·마한·변한을 말한다.

『삼국사기』와 『삼국유사』를 보면, 신라는 진한의 고조선 유이민 중에 여섯 부족 족장들이 자기네를 다스려 줄 임금을 간절히 원하다가, 하늘이 보낸 알에서 태어난 혁거세를 서기전 57년 거서간으로 모셨다고 되어 있다.

고구려를 세운 동명성왕 고주몽도 고조선이 망한 후 거기에서 갈라져 나와 독립한 부여 출신이며, 물의 신인 하백의 딸 유화가 천제의 아들 해모수와 정을 통하고 낳은 알에서 태어났다고 한다.

삼국 중에서 가장 나중인 백제의 건국 설화는 신라나 고구려와 비교할 때 상당히 다른 면이 보인다.

고구려의 경우, 주몽의 신적인 고귀한 혈통이나 뛰어난 재능을 주몽 설화를 통해서 뚜렷이 내세우고, 신라의 건국 설화도 마찬가지로 혁거세의 신성을 강조하는 내용들이 우선돼 있다.

이에 비해서 백제의 건국 설화는 두 가지가 특색이다.

첫째, 신라와 고구려는 건국 설화가 각각 하나씩이지만, 백제는 둘 이상이라는 사실이다.

둘째, 신라와 고구려의 건국 설화는 주인공인 혁거세와 주몽을 신적인 존재로 우상화하지만, 백제의 건국 설화는 주인공을 그냥 평범하게 '사람'으로 그렸다는 점이다.

백제의 건국 설화로서 지금까지 정설로 널리 알려진 것은 온조를 시조로 한 내용이다.

『삼국사기』에 보면, 고구려 시조 주몽이 북부여에서 신변이 위험해지자 졸본 부여로 도망쳐 졸본 부여 임금의 딸과 결혼해 비류와 온조 두 아들이 태어났는데, 그가 북부여에 있을 때 이미 얻은 아들 유리가 찾아와 태자가 되므로, 온조 형제는 따르는 무리를 이끌고 남쪽으로 내려와 나라를 세웠다는 것이다.

이 정설은 어디까지나 온조 위주로 엮어진 데 비해, 다른 설화는 비류를 중심인물로 내세운 점이 특이하다.

우선 이 둘째 설화는 비류와 온조가 주몽의 친자식이 아니라는 데서 차별화한다.

졸본 부여 여자인 소서노가 북부여 해부루왕 손자 우태한테 시집가서 두 아들을 낳았는데, 남편이 죽는 바람에 자식들을 데리고 친정으로 돌아와 살다가, 주몽이 북부여에서 도망쳐 와 고구려를 세울 때 그와 재혼해서 왕비가 됐다고 했다. 그러므로 주몽은 비류와 온조 형제한테 친아버지가 아닌 의붓아버지라는 것이다.

오늘날 전해지는 옛 문헌들에 언급된 백제의 시조는 온조·비류·구태 등 제각각이다.

이것은 그 무렵 한반도 중서부 일대에 북쪽에서 내려온 부여의 여러 부족들이 연맹을 이루어 살았던 사실과 무관하지 않다.

이 중에 비류를 지도자로 해서 미추홀에 터를 잡은 부족이 가장 우위를 차지했으나, 하남 위례의 온조 부족이 농업 생산력을 바탕으로 세력이 강해져 주도권을 가져갔다고 보는 것이 관련 학자들의 대체적인 역사 해석이다.

어쨌거나 비류 중심 설화는 부여와의 관련성이 두드러지는데, 이것은 이들의 민족적 뿌리가 부여이기 때문이다.

이후 백제 왕실에서 자기네 성을 '부여 씨'라고 정한 것도 같은 맥락이다.

온조는 왕위에 오르자마자 동명왕 사당을 세웠는데, 이것은 그 무렵 세상을 떠난 고구려 동명성왕 주몽을 추모하기 위한 것이 아니라 훨씬 이전 부여의 시조 동명왕을 기리기 위한 것이었다.

이것만 봐도 백제는 자기네의 정체성을 분명히 부여 계통으로 못을 박고 있음을 알 수 있다.

이 전기는 백제 건국 설화의 둘째 내용을 시작점의 기본으로 삼았는데, 그 이유는 객관적으로 볼 때 첫째 설화보다 구체성과 사실성이 한결 더 짙다고 여겨지기 때문이다.

따라서 다음과 같은 질문법이 가능해진다.

첫째, 만일 비류와 온조가 주몽왕의 친아들이었다면, 이들이 이미 차지하고 누리던 명예와 행복을 굳이 박차고서 그 머나먼 모험적 남행길을 과연 떠났을까.

둘째, 주몽왕이 친아버지로서 자기 자식들의 무리한 고집과 위험한 행동을 그처럼 쉽사리 용납해 줬겠는가.

▶ 온조왕의 업적

온조왕이 나라를 다스린 기간은 장장 46년이었다.

그동안 그는 백제의 나라다운 틀을 다지고 굳히는 데 성공했다.

그의 업적 중에 가장 뚜렷하고 비중이 큰 것은 대외 활동으로써, 건국 이후 여러 외부 세력의 침공을 막아 싸우고, 한편으로는 스스로 쳐나가면서 영역을 넓히려고 애를 썼다.

가장 빈번하게 싸운 외적은 북동쪽의 미개 민족 말갈이었다.

이들은 온조왕 3년, 8년, 10년, 11년, 18년, 22년, 40년 등 무려 일곱 번이나 크고 작은 전쟁으로 백제를 괴롭혔고, 어떨 때는 나라가 위태로운 지경에 빠지기도 했다.

북동쪽의 낙랑 역시 위협적 상대이기는 마찬가지였다. 이들은 말갈처럼 뻔질나게 자주 쳐들어오지는 않았지만, 그 대신에 말갈의 뒷배를 봐주고 부추겨서 백제를 침공하도록 하는 적국이었다.

북쪽으로부터 이런 강적들의 제한과 압박을 피할 수 없게 됨으로써, 온조왕은 영역 확대 야심의 표적을 자연히 내

부에서 찾게 됐다.

온조왕이 백제를 일으킬 무렵, 한반도 중부 이남에 나라 다운 나라라고는 서기전 57년에 박혁거세 거서간이 먼저 세운 왕국 서라벌뿐이었다.

이 밖에는 작은 부족 국가 78개가 각각 지역 중심으로 옹기종기 동아리를 이룬 진한·마한·변한 세 연맹이 있었다.

우리 고대 역사의 한 단락으로 꼽히는 '삼한 시대'가 이것이다.

연맹은 느슨한 정치 집단일 뿐이고, 이에 소속된 부족 국가들은 각각 그 나름대로 독립적인 자주권을 행사했다. 그러다가 정치적으로 필요한 경우에만 맹주국을 중심으로 함께 문제 해결에 대처하곤 했다.

연맹 중에 영토와 국력이 가장 큰 마한은 삼한 전체 부족 국가들 3분의 2가량인 54개국을 아울렀는데, 백제도 처음에는 이 마한에 소속된 작은 부족 국가로 출발했다.

북에서 내려온 유이민 부족인 백제가 늦게 정착해서 세력을 넓히는 과정에 이미 기반이 탄탄한 토착 세력과 부딪치는 것은 어쩔 수 없었다.

이런 백제에게 말갈과 낙랑의 침공은 오히려 국방 능력을 키워 주는 효과를 가져다줘, 온조왕은 마침내 막강한 군사력으로 마한 연맹을 무너뜨리고 자신의 왕국을 건설하는 데 성공했다.

하지만 중국의 오랜 역사 문헌 『삼국지』를 보면 3세기 중반까지도 한반도에 '마한'이라는 나라가 있었다고 한다.

그렇다면 온조왕이 마한의 모든 영역을 아주 평정한 것이 아니라, 맹주국인 목지국을 중심으로 일부 영역만 차지해 연맹을 무너뜨리는 데만 성공했다고 보는 것이 오늘날 연구 학자들의 짐작이다.

실제로 백제의 왕이 연맹의 맹주 역할을 넘어서 막강한 왕권을 휘두르게 된 것이 온조왕의 훨씬 후예인 제8대 고이왕 때부터이며, 백제가 마한 전체를 완전히 정복한 것도 제13대 근초고왕 때의 일이라고 알려져 있다.

이와 같은 소소한 이견에도 불구하고, 온갖 어려운 조건과 상황을 물리치고 새 나라를 일으켜 678년 동안이나 존속하도록 함으로써 우리 역사의 황금기인 삼국 시대를 연 주인공 중의 한 인물인 온조왕의 영웅적 위대성은 여전히 영원히 빛날 것이다.

온조 연보

서기전 18년(온조 원년)	온조왕이 하남 위례성에 나라 세움. 5월, 부여 시조 동명왕 사당을 세움.
서기전 16년(온조 3년)	가을 9월, 북쪽에 침공한 말갈을 물리침.
서기전 15년(온조 4년)	가을 8월, 낙랑에 친선 사절 보냄.
서기전 14년(온조 5년)	겨울 북쪽 변경을 순행하여 백성을 위무함.
서기전 13년(온조 6년)	가을 7월 그믐에, 일식.
서기전 11년(온조 8년)	봄 2월, 도성까지 쳐들어온 말갈군을 쳐부숨. 가을 7월, 마수성을 쌓음.
서기전 9년(온조 10년)	겨울 10월, 말갈군과 싸워 이김.
서기전 8년(온조 11년)	말갈이 병산 울짱을 습격함. 독산과 구천에 울짱을 세움.
서기전 6년(온조 13년)	한산에 울짱을 세움. 마한과의 경계를 정함.

서기전 5년(온조 14년)	봄 정월에 하남 위례에서 한성으로 도읍을 옮김. 한강 서북에 성을 쌓음.
서기전 4년(온조 15년)	봄 정월에 궁실을 새로 지음.
서기전 2년(온조 17년)	사망한 국모의 사당을 세움. 낙랑이 위례성을 불태우자 싸워 물리침.
서기전 1년(온조 18년)	겨울 10월에 침공한 말갈군 섬멸하고 추장 소모 생포함. 겨울, 낙랑에 쳐들어가다가 폭설을 만나 되돌아옴.
서기 3년(온조 20년)	봄 2월에 왕이 큰 제단을 설치하고 친히 하늘과 땅에 제사를 지냄.
서기 6년(온조 24년)	가을 7월. 웅진에 울짱을 세웠다가 마한 연맹 왕국 맹주의 항의 받고 허물어 버림.
서기 8년(온조 26)	겨울 10월, 목지국 무너뜨리고 마한 일부 지역 점령함.
서기 9년(온조 27년)	여름 4월, 마한의 원산성과 금현성 항복해 옴. 가을 7월, 대두산성 쌓음.

서기 10년(온조 28년)   봄 2월, 온조왕이 큰아들 다루를 태
                     자로 세움.

서기 13년(온조 31년)   겨울 1월, 국가 행정 구역을 남부와
                     북부 2부로 나눔.

서기 15년(온조 33년)   가을 8월, 동부와 서부를 새로 설치
                     해 행정 구역을 4부로 나눔.

서기 16년(온조 34년)   겨울 10월, 옛 마한의 장수 주근의
                     반역을 토벌함.

서기 18년(온조 36년)   가을 7월, 탕정성을 쌓음. 8월, 고
                     사부리성을 쌓고 원산성과 금현성
                     을 수리함.

서기 19년(온조 37년)   여름 4월, 극심한 가뭄에 큰 피해를
                     입음.

서기 20년(온조 38년)   봄 3월, 왕이 전국을 순시하며 민정
                     을 살핌. 여름 4월, 백성들에게 농
                     업과 양잠을 권장하고, 급하지 않은
                     나랏일은 중단시킴. 겨울 10월, 큰
                     단을 쌓고 하늘에 제사를 올림.

서기 22년(온조 40년)   가을 9월과 겨울 11월 두 차례 침
                     입한 말갈을 물리침.

서기 23년(온조 41년)   겨울 1월, 우보 을음 죽고, 후임에
해루가 임명됨. 겨울 2월, 위례성을
고쳐 쌓음.

서기 25년(온조 43년)   겨울 10월, 옥저의 구파해 등 20여
가족 망명해 옴.

서기 28년(온조 46년)   봄 3월, 온조왕 사망하고 다루왕 즉
위함.

온조를 전후한 한국사 연표

서기전 37년   고주몽, 고구려를 건국.

서기전 57년   박혁거세, 신라를 건국.

서기전 19년   여름 4월, 고구려 시조 주몽왕 사망하고, 제2대
유리왕 즉위함.

서기전 18년   온조, 백제를 건국.

서기 3년   고구려, 국내성으로 도읍을 옮김.

서기 42년   김수로, 가락국(금관가야)을 건국.

서기 53년   고구려 태조왕, 왕위에 오름.

서기 65년   신라, 국호를 계림으로 고침.

115년   신라, 금관가야를 치다가 황산하에서 패함.

194년   고구려, 을파소에 의해 진대법을 실시.

244년   고구려, 유주자사 관구검 침공, 국내성 점령.

260년   백제, 고이왕 때부터 중앙집권 국가의 기틀을
확립.

285년   백제 왕인, 『논어』, 『천자문』을 왜에 전함.

307년   신라, 국호를 '신라'로 사용하기 시작.

313년	고구려, 낙랑군을 공격하여 점령.
356년	신라, 내물 마립간이 왕위에 오름.
371년	백제, 고구려 평양성을 공격. 고국원왕 전사.
372년	고구려에 불교가 전해짐.
400년	고구려, 광개토왕 5만 병력으로 금관가야-백제-왜 연합군을 격파하여 신라 지원.
414년	장수왕, 광개토대왕릉비 세움.
427년	고구려, 평양으로 수도를 옮김.
433년	백제와 신라 간에 나제동맹 성립.
475년	고구려, 장수왕, 백제 침공, 한성 함락. 백제, 웅진으로 도읍을 옮김.
494년	고구려, 부여 정복.
498년	백제, 동성왕, 탐라국 공격.
512년	신라, 우산국 정복.
520년	신라, 율령 반포, 공복 제정.
523년	백제, 성왕 즉위.
527년	신라, 불교 공인, 이차돈의 순교.
532년	금관가야 멸망.
538년	백제, 사비성으로 도성을 옮김.
550년	신라, 단양 신라 적성비 건립.

551년   진흥왕, 백제 성왕과 함께 고구려 침공.
553년   진흥왕, 한강 유역을 차지함.